지금도
쓸쓸하냐

雲間山答
지금도 쓸쓸하냐

2003년 10월 20일 초판 1쇄 발행. 2014년 1월 20일 초판 6쇄 발행.이현주가 지었고 이홍용과 박정은이 기획 편집하여 펴냅니다. 홍현숙이 표지 사진을 찍고, Design Vita가 표지 디자인을 하였습니다. 제판은 문형사, 본문 인쇄는 대정인쇄, 표지 인쇄는 영프린팅, 제본은 책다움에서 하였습니다. 출판사 등록일 및 등록번호는 2003. 2. 6. 제10-2567호이고, 주소는 121-250 서울시 마포구 성산동 628-5, 전화는 (02) 3143-6360, 팩스는 (02) 338-6360, 이메일은 shantibooks@naver.com입니다. 이 책의 ISBN은 978-89-91075-85-6 03200이고, 정가는 14,000원입니다.

이 도서의 국립중앙도서관 출판시도서목록(CIP)은 e−CIP홈페이지(http://www.nl.go.kr/ecip)와 국가자료공동목록시스템(http://www.nl.go.kr/kolisnet)에서 이용하실 수 있습니다.(CIP제어번호: CIP2014000797)」

옹글산담

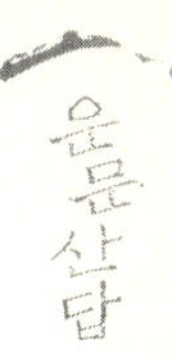

지금도
쓸쓸하냐

이현주 지음

산티

차례

1

2

책을 내며

저로 하여금 이런 글을 쓰도록 뿌리라 할까 바탕이라 할까 가 되어준 것은 다음 두 마디 '말씀' 입니다.

"나는 아브라함이 태어나기 전부터 있었다."
"네가 네 스승이다. 너한테서 배워라."

나중 말씀은 석가모니 부처님이 하신 말씀으로, 먼저 말씀 은 예수님이 하신 말씀으로 알려져 있습니다. 유대인 가문에 서 태어난 사람이 어떻게 민족의 조상 아브라함보다 자기가 먼저 있었다고 말하는 걸까요? 그리고 네가 네 스승이라니? 배우는 너는 누구고 가르치는 너는 누구를 말하는 걸까요?

저는 58킬로그램 무게에 키가 170센티미터쯤 되는 몸으로 지금 이 세상을 살아가고 있습니다. 그런데 어느 순간, 제 몸이 앞·뒤로는 시작과 끝이 없고 위·아래·옆으로는 가장자리가 없는 무한 우주라는 진실과 문득 마주치게 되었습니다. 둘이면서 하나인 나, 하나도 아니면서 둘도 아닌 나를 눈치챘다고 할까요?

그 뒤로, 가끔이긴 하지만, 두 나二쯤 사이에 생각과 말이 오가는 것을 느끼곤 했지요. 그 내용을, 될 수 있는 대로 보태거나 빼지 않고 적어보았는데, 그렇게 해서 씌어진 글들 가운데 얼마쯤을 가려 뽑아 엮은 것이 이 책입니다. 쓰다보니 자연스레 한쪽은 묻고 한쪽은 대답하는 모양새를 이루게 되더군요. 그래서 '운문산답雲問山答'이라, 구름이 묻고 산이 답한다는 말을 만들어보았습니다. 구름처럼 이리저리 돌아다니면서 언제나 바뀌고 있는 제가 물으면, 산처럼 늘 거기에 있고 한결같이 변함없는 제가 대답을 하는 거예요.

말은 이렇게 둘 사이의 대화라고 합니다만, 어리석고 둔한 제 의식意識의 표현일 따름이라는 사실을 저는 잘 알고 있습니다. 그러기에 요즘 이른바 '채널링'이라고 해서 외계의 영이 하는 말을 받아 적는다든지 예수나 부처와 시공을 초월하여 대화를 나누는 것하고는 전혀 상관이 없습니다. 어쩔 수 없이 '선생님'이라는 호칭을 쓰기는 했습니다만, 모두가 저와 저 사이의 대화 아닌 대화에 지나지 않는다는 점을 다시 한 번 밝혀두는 바입니다. 독자 여러분께서 이 점에 오해가 없으시기를 바랍니다.

저는 저의 영적 수련이라 할까 마음 공부라 할까 그런 것이 있다면, 평범하게 살아가는 평상인平常人으로 되는 데 그 마지막 목표를 두어야 한다는 옛 어른의 가르침을 아직은 굳게 믿고 있습니다.

바야흐로 다가오는 영성 시대를 내다보면서, 저의 흐트러진 발자취를 삼가 드러내어 여러분의 검증을 받고자 합니다. 너그러이 살펴보시고 한 마디 충고 말씀이라도 들려주신다면 과분한 은덕이겠습니다. 도서출판 샨티 가족이 이번에도 많은 도움을 주시는군요. 고맙습니다.

二품 올림

그렇다면 누워 있거라

"선생님, 잠이 깨었습니다. 일어날까요?"

"네 몸이다. 네 맘대로 해라."

"더 누워 있을까요?"

"맘대로 하라니까!"

"잠을 깼으면 벌떡 일어나야 하는 것 아닙니까?"

"그렇다면 누워 있거라."

"예?"

"이러면 저래야 한다는 생각에서 벗어나는 연습이다. 물이 아래로 흐르는 것은 아래로 흘러야 하기 때문이 아니라, 아래로 흐르게 되어 있기 때문이다. 무슨 일을 하든지 참을 만큼 참다가 마지못해서 해라. 안 떨어지려고 버틸 때까지 버티다가 떨어지는 물방울처럼 똥을 누어도 마려울 때까지 참았다가 누고, 말을 해도 목구멍에 찰 때까지 기다렸다가 해라."

"그러다 보니, 사십 년 가까이 글을 쓰면서, 쓸 때마다 마감일에 쫓기고 있습니다."

"그거 괜찮은 버릇이다. 글쓰는 일에만 그러지 말고 만사에 그랬더라면 좋았을 것을!"

"……"

"내 말은, 지난날을 후회하라는 게 아니라 남은 세월이라도 그렇게 하라는 얘기다. 마지못해서 하는 일에는 지나침도 모자람도 없는 법이다. 이스라엘이 가나안으로 가는 광야 길 사십 년에 무엇을 배웠겠느냐? 길을 떠나고 싶어도 구름기둥이 움직이기까지는 계속 머물러 있고, 멈추고 싶어도 불기둥이 멎기까지는 계속 걸어가는 것을 몸에 익혀야 했다. 그렇게 하여, 제가 만든 인습과 틀에서 벗어나 자유롭고 자연스런 하늘 사람으로 거듭나는 과정이 바로 '출애굽'인 것이다. 잊지 말아라. 네 하루하루 순간순간이 연습 또 연습이라는 사실을."

"선생님, 오줌이 마려워서 일어나야겠습니다."

"누가 말리느냐?"

지렁이 앞에서

"아까 산책길에서, 포장된 길 위로 기어가는 지렁이를 집어 젖은 흙이 있는 곳으로 던져주려 했을 때, 선생님께서는 그러지 말라고 하셨습니다. 그냥 버려두면 땡볕에 말라죽을 터인데, 왜 그러셨습니까?"

"네가 알고 있지 않느냐?"

"제가 무슨 착한 일을 한다는 생각을 하면서 그 일을 하느니 차라리 하지 않는 것이 낫다는 말씀인가요?"

"그렇다."

"어째서 그렇습니까?"

"그것도 네가 알고 있지 않느냐?"

"'내가 무엇을 잘하고 있다' 는 생각으로 말미암아 더욱 커지고 단단해지고 왕성해지는 '나'를 경계하라는 말씀입니까?"

"그것을 경계하고 있는 너도 경계해야 한다."

"그럼, 저보고 무엇을 어떻게 하라는 말씀입니까?"

"오늘 산책길에서 했듯이 그렇게 하거라. 당분간은 그런 식으로 연습할 필요가 있다."

"선생님께서 그냥 가라고 하셔서 그냥 가다가 다른 지렁이를 또 만났습니다. 그 앞에 발걸음을 멈추고 섰을 때 선생님께서는 직접 지렁이에게 물어보라고 하셨지요. 그래서 지렁이에게 내가 어떻게 해주기를 바라느냐고 물었더니, 그냥 내버려두라고, 자기를 도와주려 하지 말라고 그러더군요. 그래 그냥 두고 왔습니다."

"잘했다. 달라는 자에게 주라고 내가 말하지 않았느냐? 달라고 하지 않는 자에게 주고자 하는 너의 선의를 조심해라."

"간디 선생이 '지옥으로 가는 길은 인간의 선의로 포장되어 있다'고 자주 말했다지요."

"옳은 말이다. '선의' 자체보다 그것을 냄으로써 그것을 내는 자의 '에고'가 왕성해지는 데 문제가 있다. 네가 지렁이를 보고, 어떻게 할까요 하고 내게 물은 일은 잘한 일이다. 앞으로도 모든 일을 앞두고 그렇게 하도록 유념하거라."

“그렇게 함으로써 제가 스스로 살아가는 것이 아니라 선생님께서 제 몸으로 살아가시는 것이 되는 겁니까?”

“네가 내게 묻고 내 뜻에 좇아서 움직이는 동안에는, 그렇다.”

“선생님, 그 ‘동안’ 이 차츰 길어져서 마침내 저의 하루를 옹글게 채웠으면 좋겠습니다.”

“나 또한 바라는 바다.”

“그런 날이 저에게 올까요?”

“동지를 지난 해는 길어지게 마련이다. 누가 무슨 수로 그것을 막을 수 있겠느냐?”

별 것 아닌 것

"오늘 전우익 문병 갔다가, 권정생한테서 들은 한 마디가 자꾸만 생각납니다.

'윤회 그거 참 재미있을 것 같아. 개미도 돼보고 비둘기도 돼보고 노루도 돼보고 나무도 돼보고 도둑도 돼보고 창녀도 돼보고…… 재미있잖아? 이것도 돼보고 저것도 돼보고 끝없이 뭐가 된다는 건데, 왜 거기서 벗어나겠다고들 저러는지 모르겠어. 그렇게 모든 것이 되다 보면 결국 알게 되지 않을까?

제가 '뭐를 알아?' 하고 묻자 곁에 누워 있던 전우익이 어눌한 말로 대답했지요.

'별 것 아니라는 거!'

짧은 순간이었지만 그윽한 선문답을 귀동냥한 느낌이었습
니다."

"한평생 고苦를 안고 산 형한테서 그런 말을 들었구나. 복
된 시간이었다! 윤회의 고에서 벗어나려고 애쓰면 애쓰는 만
큼 그는 아직 갈 길이 멀었다. 섣부른 판단만 치우면, 모든
인생 모든 경험이 다 재미있고 유익한 것들이다. 도무지 버
릴 물건이 없다."

"그게 다 '별 것 아닌 것들' 이기 때문입니까?"

"그렇다! 모두가 '별 것' 이기 때문이다."

"예?"

"확연무성廓然無聖이 불지佛地라 하지 않았느냐? 성스러운
것이 없음은 모두가 성스럽기 때문이요, 별 것이 없음은 모
두가 별 것이기 때문이다."

한 그루 능금나무

"선생님, 요즘 들어 무슨 일을 함께 하자거나 도와달라는 이들이 연이어 저를 찾아옵니다. 예를 들면, 석유를 대신할 대체 에너지를 개발했는데 그 사업은 물질적이면서 영적인 차원에서 전개되어야 하기 때문에 저의 도움이 필요하다는 거예요. 그런 이들에게 제가 어떻게 응해야 합니까?"

"뭐라고 대답했느냐?"

"아시잖습니까?"

"내가 모르는 게 있어서 묻는다고 생각하느냐?"

"죄송합니다."

"진정한 대화는 성실성을 바탕으로 삼아야 한다. 조금이라도 거짓이 섞여 들어가면 그 순간 대화 전체가 거짓으로 되고 만다. 국 한 솥에 석유 한 방울 떨어뜨리면 그 국이 어찌 되겠느냐? 대화에 섞여든 한 마디 거짓말의 효과가 그와 같다."

"알겠습니다."

"그들에게 뭐라고 대답했느냐?"

"내가 도울 방법이 있으면 돕겠다고 했어요."

"잘했다. 너는 들판에 서 있는 한 그루 능금나무다. 새들이 찾아와 문을 두드리는데 열어주지 않을 수 있겠느냐?"

"그럴 수는 없지요."

"그러니, 그들이 원하는 대로 만나준 것은 잘한 일이라는 말이다."

"그러면, 그들을 제가 도와야 합니까? 한 사람의 청은 벌써 거절했는데요."

"그것도 잘했다."

"예?"

"너는 능금나무다. 새가 너에게 오렌지 향기를 내놓으라면 내놓을 수 있겠느냐?"

"없지요."

"할 수 없는 일을 못한다 했으니 또한 잘한 일이라는 말이다."

“아, 그렇군요.”

“앞으로도 자주 그런 이들이 너를 찾아올 것이다.”

“……”

“바람이 불 때마다 춤을 추되 한 치도 제 자리를 옮기지 않는 나무를 생각하거라. 상황에 따라 자유자재로 몸을 바꾸되 제 천성을 다른 무엇으로도 바꾸지 않는 물을 생각하거라. 너는 나무요 물이요 바람이요 구름이다.”

“알겠습니다.”

“모르면 모른다 하고 알면 안다고 하는 것이 참된 ‘앎’ 이다. 누가 무엇을 너에게 요청하든지, 들어줄 수 있으면 들어주고 그럴 수 없으면 거절하여라.”

“예.”

“아무것도 미리 걱정할 것 없고, 아무것도 미리 궁리할 것 없다.”

“예, 선생님.”

“우주가 동원하여 너를 돕는다. 고마운 일 아니냐?”

“그렇습니다.”

외로움

"한 후배가 산을 오르다가 저에게 '형님, 외로워요' 라고 말하는데 아무 대꾸도 못해주었습니다."

"뭐라고 입 속으로 중얼거리지 않았느냐?"

"예. 그랬지요. 저 나무들을 보라고, 저마다 홀로 서 있지만 더불어 있지 않냐고, 나무가 있으니 또 바람도 있지 않냐고, 그렇게 말하다가, 제 말이 그 친구 가슴에 닿는 것 같지 않아서 그만두었습니다."

"잘했다."

"선생님이 저였다면 뭐라고 하셨겠습니까?"

"이렇게 말했을 것이다. '나도 외롭다네.'"

모든 것이 돈으로 바뀌는 세상에서

"깨달음을 줄 테니 돈을 가져오라는 사람들이 있는 것 같습니다."

"행복을 줄 테니 돈을 가져오라는 자들도 있더구나."

"그런 사람들을 어떻게 봐야 합니까?"

"사람이 사람답게 처신하는 것이니 탓할 바 없다."

"그렇지만 선생님께서는 거저 받은 것을 거저 주라고 하시지 않았습니까?"

"거저 받은 것은 거저 주고, 돈 주고 산 것은 돈 받고 팔라는 말이었다. 하느님 것은 하느님 것이요 가이사 것은 가이사 것이다. 세상에서 사람들이 받을 수 있는 것에는 두 가지가 있을 뿐이다. 하나는 하느님이 주시는 것 곧 천지자연이

주는 것이요, 다른 하나는 가이사 곧 사람이 주는 것이다."

"그 둘의 차이가 무엇입니까?"

"하느님이 주시는 것은 모두 공짜요 사람이 주는 것에는 어느 것도 공짜가 없다."

"옳습니다, 선생님! 천지자연이 생산하는 것에는 매겨진 값이 없지요."

"그러나 사람들이 만든 것에는 정가가 붙어 있다. 네 몸을 통해 생산되는 어떤 것에도 '값'을 매기지 말아라. 네 생각도 말도 느낌도 글도 노래도 춤도, 그것을 돈으로 바꾸지 말아라. 그러면 네가 과연 하느님의 아들이 될 것이다."

"설교나 강연을 하고 나서 받는 돈은 어떻게 할까요?"

"일하는 소가 여물을 얻어먹는 것은 당연한 일이다. 기꺼이 고맙게 받아라. 하느님이 주시는 것을 거절함은 하느님을 거절하는 것이다. 다만 설교나 강연을 하고 나서 받아야 한다."

"일하기 전에 미리 받지 말라는 말씀인가요?"

"일하기 전에 미리 약정하지 말라는 말이다. 받을 돈을 먼저 정하고 나서 일하는 것은 하느님의 일을 하는 자가 취할 태도가 아니다. 하느님의 일꾼은 사례를 받기 위해서 일하지 않는다. 꽃이 열매를 맺기 위해서 피어나지 않듯이."

"그렇습니다, 선생님. 자연에는 '무엇을 위하여'가 없지요."

"네가 하는 설교나 강연 속에, 그것을 통해서 하늘의 뜻을 세상에 펼치거나 하늘의 은혜를 나눠주겠다는 너의 '의도'가 들어 있지는 않는지 살펴보아라. 사람의 악한 뜻은 말할 것 없고 비록 선한 뜻이라 해도, 사실은 선한 뜻일수록, 사람으로 하여금 천지자연의 무위법無爲法에서 멀어지게 하는 것이다. 물이 아래로 흐르는 것은 목마른 사슴을 먹이기 위해서가 아니요, 봄 햇살이 따스한 것은 진달래를 피우기 위해서가 아니다. 무슨 일을 하든, 그것으로 돈을 벌기 위해서 하지 말아라. 언젠가 내가 네 어머니 목소리로 말했다. 기억 나느냐?"

"예. 기억합니다. '네가 이 밤길을 돈 벌러 걷고 있지 않으니 고맙다'고 하셨지요. 그것이 어머니가 아니라 선생님이셨습니까?"

"누가 너에게 무슨 말을 할 때, 그렇게 말하는 사람 뒤에 숨어 있는 나를 볼 때가 되었다."

"아, 선생님. 그러셨군요!"

"그가 어떤 '모습'을 하고 어떤 '말'을 하는지에 미혹되지 않으면, 그에게서 나를 볼 것이다.”

“마음이 깨끗하면 하느님을 본다고 하셨지요.”

“서두르지 말아라. 지금은 그 어떤 것도 돈으로 바꾸지 않는 연습을 할 때다. 네 몸에서, 모든 것을 돈으로 바꾸는 자본주의 폐습이 씻겨지려면 당분간 돈 받고 팔지 않는 연습에 정진할 필요가 있다.”

“그러나, 돈 받고 팔지 않는 일은 가능하다 해도, 돈 주고 사는 일은 불가피하지 않습니까?”

“그래서 가이사 것은 가이사에게 주고 하느님 것은 하느님께 바치라고 하지 않았느냐? 돈을 받아야 물건을 넘겨주겠다는 자에게는 기꺼이 돈을 주어라.”

“저에게 돈이 없으면 어떻게 합니까?”

“별 걸 다 묻는구나? 그러면 그 물건을 사지 않으면 될 것 아니냐?”

“돈은 없지만 꼭 사야 할 물건이 있으면 어떻게 합니까?”

“그런 물건은 없다!”

“아멘!”

“돈을 싫어하거나 미워하지 말아라. 돈은 잘못이 없다. 다만 네 몸을 통해 생산되는 것이 네 것이라는 ‘착각’에서 벗어나, 존재하는 모든 것이 하느님께로부터 나오는 것이요 그러므로 감히 인간이 값을 매겨서 사고 팔 수 있는 것이 아님을 머리가 아니라 온 몸으로 깨달아 알도록 하여라. 지금 네가 듣고 있는 저 바흐의 피아노 변주곡을 누가 얼마의 돈으로 살 수 있겠느냐? 고흐의 해바라기 그림을 누가 얼마의 돈으로 팔 수 있겠느냐?"

"그렇지만, 돈 없으면 음악을 들을 수도 없고 그림을 볼 수도 없는 게 현실입니다."

"모두가 하느님의 것을 훔친 도둑들의 장난이다. 바흐나 고흐는 상관없는 일이다. 김선달이 대동강 물을 팔아먹었지만 그것이 대동강하고는 상관없는 일이었듯이."

"아무튼 모든 것이 돈으로 환산되는 세상에서 저는 살아야 합니다. 그게 쉽지 않다는 말씀이에요."

"하늘나라에서 하느님 자녀답게 사는 일이야 누군들 못하겠느냐? 하느님 나라가 하늘에서와 같이 땅에서도 이루어지게 하는 것이 너에게 주어진 임무다. 모든 것이 돈으로 바뀌는 세상에서 아무것도 돈으로 바꾸지 않는 것은 가장 쉬우면서 가장 어려운 일이다. 정신 차려라."

"그게 가능한 일일까요?"

“가능하지 않다면 내가 어찌 ‘하늘나라는 너희 안에 있다’고 말했겠느냐? 사랑은 돈으로 거래되는 것이 아니다. 사랑이 있는 곳에 하느님이 계신다. 하느님 계신 곳이 하느님 나라다.”

“전해 듣기로는 틱낫한의 ‘자두마을’에서도 수련회비를 거둔다던데요?”

“이 땅 위에, ‘틱낫한의 자두마을’이라는 ‘말’(이름)은 있지만 그런 ‘곳’은 없다. 그리고 그건 네가 걱정할 바가 아니다. 너는 어떻게 할 참이냐? 만약에 네가 어떤 수련 모임을 주관한다면 회비를 거두겠느냐?”

“그런 짓은 하지 않겠습니다.”

“그렇게 해라.”

“그러다가 망하면요?”

“망해라!”

더 자세히 보아라

"선생님, 뵙고 싶습니다."

"보아라."

"어디 계십니까?"

"네 앞에 있지 않느냐? 눈을 떠서 잘 보아라. 무엇이 보이느냐?"

"길바닥에 떨어진 낙엽이 보입니다."

"낙엽으로 덮인 길바닥은 보이지 않느냐?"

"보입니다."

"또 무엇이 보이느냐?"

"돌멩이가 보입니다."

"더 자세히 보아라."

"돌멩이에 묻은 새똥이 보입니다."

"새는 보이지 않느냐?"

"안 보입니다."

"잘 보아라. 새똥이 있으니 새도 어디 있을 것이다."

"새의 모습은 보이지 않지만, 새의 존재는 느껴집니다."

"더 자세히 보아라."

"아, 선생님. 허공이 보입니다. 새로 하여금 날 수 있게 하고 새똥으로 하여금 떨어질 수 있게 하고 돌멩이를 여기 있게 한 대지大地를 떠받들고 있는 허공이 보입니다. 나무와 나무를 있게 한 흙과 공기와 물과 세월까지도…… 있는 것과 있는 것을 있게 한 것과 있는 것이 있게 할 것들이 모두 함께 있습니다. 제가 짚은 지팡이도 보이고 지팡이를 짚은 저도 보이고 저를 낳아주신 부모도 보이고 제가 낳은 아이들도, 그 모두가 지금 여기에 있습니다."

"네가 이제 나를 조금 보았다. 작은 가지 하나가 나무를 보고 숲을 본 셈이다. 그러나 아직 몸으로는 보지 못했다. 발길을 멈추지 말아라."

'이것이 진리다' 하고 말하는 자는

"진리를 알면 자유롭게 되리라고 하셨는데요, 진리가 무엇입니까?"

"……"

"……"

"……"

"왜 대답을 안 해주십니까?"

"옛날, 빌라도가 같은 질문을 했을 때도 나는 대답하지 않았다."

"글쎄, 대답을 주시지 않는 까닭이 무엇입니까?"

"그것을 내가 말해 준다면, 네가 진리를 알 수 있겠느냐? 진리는 사람 말로 설명될 수 없는 것이다."

"그런데 왜 '네가 진리를 알면……' 이라고 하셨습니까? 그 말씀은, 제가 진리를 알 수 있다는 뜻 아닙니까?"

"방금 약수터에서 마신 물 맛이 어떠하더냐?"

"시원했어요."

"그게 전부냐?"

"차가웠어요."

"그게 전부냐?"

"달콤했어요."

"그게 전부냐?"

"……"

"온갖 단어를 동원해도 방금 마신 물의 맛을 설명할 수 없을 것이다."

"……"

"그래서, 그러니까 너는 물 맛을 모른다고 하겠느냐?"

"이미 맛을 보았으니 모른다고 할 순 없지요."

"진리를 아는 것도 그와 같다."

"……"

"그러기에 속지 말아라. '이것이 진리다' 라고 말하는 자는 시방 그 입으로 거짓말을 하고 있는 것이다. '진리'는 그 '무엇'으로도 이름지어 부를 수 없다. 잘 들어라. 세상에 드러난 바 '진리'라고 하는 것을 깨뜨리는 데, 거기에 참 진리가 숨어 있다. 그러므로 진리를 아는 자는 어디에도 묶이지 않는다. 모든 것을 받아들이고 모든 것에 들어간다. 그러면서 무엇에도 동화되지 않는다. 화이부동和而不同이야말로 진리의 요체다. '진리를 위해 죽자'고 떠드는 자들을 조심해라."

"그럼 선생님은 왜 죽으셨습니까?"

"내가 언제 '진리를 위하여 죽는다'고 했더냐? 진리를 위해 죽기는커녕, 오히려 '진리'인 나 자신을 죽음에 내주었다. 내가 죽게 된 유일한 이유는, 자신을 아버지께 맡겼기 때문이다."

"아버지께서는 왜 아들이신 선생님을 죽이셨습니까?"

"아버지께서 나를 죽이셨다고? 그래서 내가 죽었다고? 진심에서 나온 말이냐?"

"아, 아닙니다. 제가 말을 생각 없이 했습니다."

"부디 말을 아껴라. 말이 많으면 자주 막히는 법이다. 보아라, 날씨가 풀리니 얼음이 녹지 않느냐? 저게 진리다."

장애물과 장애

"원융무애圓融無碍라고 몇 친구에게 새해 인사말을 써서 보냈습니다."

"무슨 뜻이냐?"

"둥글둥글 두루 화합하여 막히는 게 없다는 뜻입니다."

"둥글둥글 화합하면 막히는 게 없다, 그런 말이냐?"

"막히는 게 없기를 바란다, 또는 막히는 게 없으면 좋겠다는 뜻으로 썼지요."

"두루두루 화합한다는 게 무슨 말이냐?"

"아무하고도 다투지를 않는다는 뜻 아닐까요?"

"좋은 말이다. 그러나 그게 쉽지는 않을 텐데…… 인사말 치고는 좀 무겁게 느껴지지 않겠느냐?"

"뭐 꼭 그러라는 게 아니라 그랬으면 좋겠다는 뜻이니까요."

"하기는 스트레스가 돼도 별 수 없지. 너로선 어떻게 할 수 없는 일이니."

"……"

"막히는 게 없다는 건 무슨 뜻이냐?"

"걸치적거리는 게 없다는 뜻 아닙니까?"

"그렇게 새겼더냐?"

"예."

"예를 들어서, 길을 가는데 아무 장애물이 없다는 뜻으로?"

"예."

"그게 가능하겠느냐? 장애물 경주와도 같은 게 인생이다. 어떻게 이 세상을 살면서 장애물이 없기를 바란단 말이냐? 너도 알다시피 내게도 숱한 장애물이 있었다."

"……"

"'장애물'이 없는 것과 '장애'가 없는 것은 같은 말이면서 다른 말이다. 산을 오르는데 깎아지른 벼랑이 앞을 막으면 그것이 너 같은 사람에게는 난감한 장애물이겠지만 바위를

탈 줄 아는 전문 산악인에게는 오히려 즐거움을 맛볼 수 있는 현장이다. 문제는 벼랑에 있지 않고 사람한테 있는 것이다. 따라서 장애는 언제나 장애물에 있지 않고 너에게 있다. 너에게 '나'라는 놈이 있어서 온갖 장애물에 걸린다는 말이다. 노자도 이르지 않았더냐? 내게 만일 몸이 없다면 어찌 병에 걸리겠느냐고. 무애無碍란 곧 무아無我의 열매다. 누군가와 화합을 시도하는 너의 '나'가 있는 한, '두루두루 화합'은 공염불이다. 네가 과연 원융무애의 뜻을 알고 썼느냐?"

"거기까지는 미처 생각이 닿지를 못했습니다. 친구들에게 그 뜻을 따로 해명할까요?"

"둬라. 쓸데없는 짓인 줄 알았으면 되풀이하지 않는 법이다."

에고 뭉치

"제가 차돌처럼 단단한 에고 뭉치라는 생각이 듭니다. 이 놈을 어떻게 깨뜨려 없앨까요?"

"네가 깨뜨려 없앨 수 있는 것은 세상에 없다. 도토리 한 알도 너는 깨뜨려 없애지 못한다."

"무슨 말씀인지 알겠습니다. 세상에 없어지는 물건은 없다는 말씀이시지요? 그건 그렇다 해도, 그렇다고 해서 저밖에 모르는 이놈을 그냥 둡니까?"

"네가 그냥 둘 수 있는 것은 세상에 없다."

"변하지 않는 물건은 없다는 말씀이지요? 그것도 압니다. 그렇긴 합니다만, 아무튼지 간에 이 에고 뭉치를……"

"그게 어디 있는데 그러느냐?"

"제 속에 있습니다."

"너는 어디 있느냐?"

"여기 있잖습니까?"

"시방 네가 여기 있다고 말하는 건 누구냐?"

"접니다."

"그놈도 에고 뭉치냐?"

"……"

"염려 말아라. 하느님이 지으신 세상에(이는 '네가 만든 세상에'라는 말과 같은 말이다) 괜히 있는 건 없다. 모두가 있을 만하고 있어야 하기 때문에 있는 것이다. 에고가 있는 것도 그 때문이니 없애거나 부수려고 하지 말아라. 더구나, 그러면 그럴수록 오히려 더욱 단단해지는 게 에고의 성질이다. 무시하지도 말아라. 무시당할수록 에고는 그만큼 더 거칠어진다. 무시보다 더한 공격이 없기 때문이다."

"그럼, 어떻게 할까요?"

"모든 것을 자비慈悲의 눈으로 보라고 하잖았느냐? 사랑하는 마음으로, 불쌍히 여기는 마음으로, 에고와 그가 하는 짓(느낌, 생각, 말, 행동)을 지켜보거라. 모든 피조물과 마찬가지로 에고 또한 증오와 공격이 아니라 사랑과 포옹의 대상이

다. 그렇게 하다 보면, 범이 산신령 발 노릇을 하듯이 에고
또한 네 인생의 충직한 손발이 될 것이다."

"'자비의 눈'이 에고를 그렇게 변화시킨단 말씀인가요?"

"말은 그렇게도 할 수 있겠으나 '자비의 눈'이 네 인생의
충직한 손발인 에고를 본다고 해야 할 것이다."

"저의 에고가 저를 위해서 있는 건가요?"

"네가 만든 것인데, 아니면 누구를 위해서 있겠느냐?"

"……"

"너의 에고뿐만 아니라 남의 에고도 오직 자비의 눈으로
바라보거라. 자비의 눈으로 세상을 보면, 사랑스럽지 않은
물건이 없고 불쌍하지 않은 물건이 없다."

"선생님께서 바리새파를 가리켜 '독사의 자식들'이라고
하셨을 때, 그들을 자비의 눈으로 보신 겁니까?"

"그렇다."

"무슨 자비가 그렇습니까? 그게 사람을 사랑스럽고 불쌍
하게 보는 겁니까?"

"내가 그들을 사랑스럽고 불쌍하게 보지 않았다면 '독사의
자식'이라고 말하지 않았을 것이다."

"……?"

"같은 칼이 의사 손에 들리면 사람을 살리고 강도 손에 들리면 사람을 죽인다는, 케케묵은 말을 여기서 되풀이해야겠느냐? 별로 좋지도 않은 머리 굴리지 말고, 시키는 대로 하기나 해라. 싫으면 관두고!"

첫걸음

"한 걸음 한 걸음 옮기자니 갑자기 옛날 생각이 납니다."

"……"

"제 아비가 살았을 적에 집에서 오리를 길렀지요. 아침 일찍 우리에서 풀어주면 오리들은 집 앞에 흐르는 개울로 줄을 서서 내려갔습니다. 저도 따라 내려가 개울에 세수를 했지요. 그때, 오리 궁둥이를 따라 개울로 내려가던 제 발걸음이 생각납니다."

"……"

"그 발걸음이 여태 끊어지지 않고 이어져서 오늘 이렇게 계룡산 자락을 밟고 있군요."

"오리 궁둥이를 따라 개울로 내려가던 네 발걸음도 그것이

'첫걸음' 은 아니었다."

"물론 그렇겠지요."

"네 '첫걸음'이 언제 어디에서 어떻게 놓여졌는지 기억나느냐?"

"기억나지 않습니다. 그렇지만, 제가 태어나 일 년쯤 된 어느날이었겠지요. 아이들은 보통 그 무렵에 걸음마를 배우니까요."

"네가 어머니 뱃속에서 걷던 일은 기억나지 않느냐?"

"제가 어머니 뱃속에서 걸었습니까?"

"네 어머니가 너를 낳으려고 시댁에서 친정까지 멀고 험한 고갯길을 걸었다는 얘기 듣지 못했느냐?"

"들었습니다. 만삭이 되어 남산만큼 부른 배를 안고 백릿길을 걸었다고 하셨지요."

"그때 너와 네 어머니는 한 몸이었다. 네 어머니 젖가슴과 네 어머니가 한 몸이듯이. 안 그러냐?"

"그렇지요."

"그러니까 그때 너는 네 어머니와 함께 걸었다. 네 어머니 젖가슴이 네 어머니와 함께 걸었듯이. 안 그러냐?"

"그렇군요."

"자, 그러면 네 '첫걸음'이 언제 어디서 어떻게 놓여졌느
냐?"

"……"

"생각하지 말아라. 사람 생각으로 가서 닿을 수 있는 경계
가 아니다."

"……"

"지금 계룡산 자락을 밟고 있는 네 발걸음이 언제 어디서
어떻게 끝날는지는 알고 있느냐?"

"언젠가 끝나겠지요. 저도 죽을 테니까요."

"네 몸뚱이가 너냐?"

"……"

"네 몸이 끝나면 너도 끝나고 마는 것이냐?"

"……"

"내가 너한테 없는 존재냐?"

"아닙니다, 선생님. 선생님은 여기 계십니다."

"내가 해골산에서 숨을 거두었을 때, 또는 발제하跋提河 언
덕 사라쌍수沙羅雙樹 아래에서 숨을 거두었을 때, 그때에 내
발걸음도 끝이 났더냐?"

"아닙니다. 선생님 발걸음은 지금도 이렇게 제 안에서 이

어지고 있잖습니까?"

"자, 그러면 다시 대답해 보아라. 지금 계룡산 자락을 밟고 있는 네 걸음이 언제 어디서 어떻게 끝나겠느냐?"

"……"

"생각하지 말아라. 사람 생각으로 가서 닿을 수 있는 경계가 아니다."

잘려진 나무 등걸

"산책길에 잘려진 나무 등걸이 흥건하게 젖어 있는 것을 보았습니다. 봄철이 되니 수액이 나뭇가지로 올라가다가 길이 끊어지자 갈 곳을 잃고 다시 땅으로 등걸을 적시며 내려가는 것 같았습니다. 마음이 아팠어요."

"그래, 무슨 생각을 했더냐?"

"봄철에는 나무에 톱을 대지 말아야겠다는 생각을 했습니다."

"겨울에는 괜찮고?"

"……"

"봄에도 나무를 잘라야 할 경우에는 잘라야 하지 않겠느냐?"

"그렇겠지요. 당장 필요한 나무를 겨울까지 기다려서 자를 수는 없을 테니까요."

"한겨울에도 생나무를 자르면 그 자른 곳에서 액이 나온다."

"그렇겠지요. 살아 있는 몸인데 어찌 물이 없겠습니까?"

"그러니, 잘려진 나무 등걸이 젖어 있는 것을 보고 네 마음이 아픈 것은 봄철과 아무 상관없는 일이다. 안 그러냐?"

"그렇군요."

"네 눈을 너무 믿지 말아라. 쉽게 보이는 것에 사로잡히면, 쉽게 보이지는 않지만 더욱 중요한 진실을 보지 못하게 된다."

"그래도 선생님, 될 수 있으면 봄철에는 나무를 다치지 않는 게 좋겠습니다."

"될 수 있으면, 사시사철 나무를 다치게 하지 않는 게 더욱 좋겠지."

피장파장

"하늘에서 눈이 참 무던히도 내리는군요. 도무지 속수무책입니다."

"땅에서 인간들이 저지르는 일에 하늘 아버지께서도 속수무책이시지."

"그럼, 피장파장인가요?"

"장군멍군이지."

제대로 늙는 비결

"사람이 늙는다는 것은 무엇입니까?"

"하늘로부터 주어진 은총이다. 복이다. 자연스런 일이다."

"하늘로부터 주어졌다는 말은 무슨 뜻입니까?"

"본디 그렇다는 말이다. 사람이 늙는 것은, 물이 아래로 흐르는 것과 마찬가지로 본디부터 그리로 가게 되어 있는 길을 가는 것이다."

"사람들이 왜 늙는 것을 싫어할까요?"

"모든 사람이 다 그러지는 않는다. 오히려 늙기를 바라고 기다리는 사람도 있다. 그러나 늙기를 마다하는 자나 늙기를 바라고 기다리는 자나 자연스럽지 못한 점에서는 같다. 사람들이 늙기를 싫어하는 이유가 무엇이겠느냐?"

　"자기 인생이 얼마 남지 않았다는 사실을 확인하고 싶지 않아서가 아닐까요?"

　"그런다고 해서 늙지 않을 수 있겠느냐? 죽지 않을 수 있겠느냐? 사람들이 늙기를 싫어하는 까닭은 미망迷妄에 갇혀 있기 때문이다. 그들은 쏟아지는 햇살을 손바닥으로 가리거나 두 눈을 감아서 막아보려고 하는 자들과 같다. 눈을 감으면 어두워지니까 햇살을 막은 듯한 느낌이 들겠지만, 착각이다. 감은 눈꺼풀 위로 쏟아지는 햇살을 누가 무슨 수로 막을 수 있겠느냐?"

　"늙음이 어째서 은총이요 복입니까?"

　"늙음이 어째서 은총이 아니고 복이 아니냐?"

　"기운은 쇠진하고 이빨은 빠지고 걸음은 비틀거리고 눈과 귀는 흐릿해지고 살가죽은 늘어지고 주름살은 깊게 패이고 머리는 벗겨지고…… 온 몸이 흉물스러워집니다. 그래도 그것이 은총이요 복입니까?"

　"기운이 쇠진하고 이빨이 빠지고 걸음이 비틀거리고 눈과 귀가 흐려지고 살가죽이 늘어지고 주름살이 패이고 머리가 벗겨지는 것이 어째서 흉물스러우냐? 누가 그 모양을 흉물스럽다고 규정했느냐?"

　"누가 그랬다고 할 것 없이 모두가 그렇게들 보고 있습니다."

　"'모두' 라는 말을 쉽게 하지 말아라. 그렇게 보지 않는 사람들도 아주 많이 있다. 사람의 늙은 모습을 흉물스럽게 보는 눈도 있지만, 존경스럽게 보는 눈도 있는 것이다. 그리고 너는 기운이 빠지고 머리가 벗겨지고 살가죽이 늘어지는 겉모양만 가지고 그것이 '늙음' 의 전부라고 생각하느냐? 그와 같은 겉모습 속에 무엇이 담겨 있는지, 그 보이지 않는 내용에 늙음의 진면목이 있다는 생각은 해보지 않았느냐?"

　"사람들은 늙은이의 지혜를 이야기하더군요."

　"네 생각은 어떠냐?"

　"모든 늙은이가 속에 깊은 지혜를 담고 있다고는 보지 않습니다. 더욱이 요즘 같은 때에는 늙은이들이 오히려 더욱 어리석고 욕심 사납고 괴팍스런 모습을 자주 보입니다."

　"병이 들면 젊은이나 늙은이나 모두 제 본디 모습을 잃게 마련이다. 네가 말한 어리석고 욕심 사납고 괴팍한 늙은이들은 병든 늙은이들이다. 젊은 시절에 든 병을 고치지 않았기에 늙어서 말 그대로 고질痼疾이 된 것이다."

　"그런 늙은이들은 도무지 회생할 길이 없어 보입니다."

"그렇게 보일 뿐이다. 병이란, 병이기 때문에, 치유될 수 있는 것이다. 그것을 앓는 자가 늙었든 젊었든, 회생의 가능성은 누구에게나 열려 있다. 어떠냐? 병들지 않고 건강한 늙은이의 모습을 생각해 보아라. 기운이 쇠진하니까 동작이 느려지고 동작이 느려지니까 옛날 같으면 못 보고 지나쳤을 것들이 눈에 들어온다. 그리하여 세상 구석구석에 숨어 있는 아름답고 고귀한 것들을 새삼 발견하고 놀란다. 이빨이 빠지니까 질긴 살코기를 먹지 못하고, 살코기를 먹지 못하니까 마음은 더욱 착해진다. 걸음이 비틀거리니 멀리 가지 않고, 멀리 가지 않으니까 오히려 더욱 깊게 세상을 안다. 노자도 이르기를 멀리 가면 갈수록 세상을 모른다고 하지 않았느냐? 노자, 그 사람이 참으로 늙음의 은총과 복을 안 사람이었다. 눈이 흐려지니 자질구레한 세상사를 보지 않게 되고, 그래서 생각은 더욱 깊어지고 높아진다. 귀가 어두우니 시끄러운 소음에서 해방되어 침묵의 통로로 하늘나라 소식에 닿는다. 이것이 늙음이다. 어찌 은총이요 복이라 하지 않을 수 있겠느냐?"

"그런데 왜 모든 늙은이가 그렇게 늙지를 못하는 것일까요?"

“그것이 너와 무슨 상관이냐? 너는 어떻게 늙고 싶으냐?”

“저는 제대로 늙고 싶습니다.”

“그렇게 하거라. 아무도 말리지 않는다.”

“어떻게 하면 제대로 늙을 수 있을까요?”

“어떻게 하면 제대로 늙을 수 있을까를 묻지 말고, 어떻게 하면 오늘 하루 제대로 살 수 있을까를 물어라. 너에게는 날마다 그날 하루가 허락되어 있을 뿐이다. 내일 일은 내일에 맡겨라. 오늘 하루 너에게 일어나는 모든 일을 기꺼이 받아들이되 아무것도 움켜잡지 말고 아무것에도 움켜잡히지 말아라. 그것이 제대로 늙는 비결이다.”

참 종교 거짓 종교

"참 종교와 거짓 종교를 어떻게 구별할 수 있겠습니까?"

"열매를 보아 나무를 안다고 하지 않았더냐?"

"그러면, 시방 전쟁을 벌이고 있는 중동의 이슬람이나 유대교가 모두 거짓 종교란 말씀인가요?"

"언어의 폭력이 심하구나! 이슬람도 유대교도 가짜 종교가 아니다. 이슬람도 유대교도 기독교도 전쟁을 일으킨 적이 없고 앞으로도 그런 일은 없을 것이다."

"열매를 보아 나무를 안다고 하시지 않았습니까?"

"그랬다."

"그럼, 어떤 종교가 거짓 종교입니까?"

"알맹이 없는 쭉정이 이삭을 본 적이 있느냐?"

"있습니다."

"교주가 살아 있는 동안에는 뭔가 있는 것 같다가 교주가 죽고 나면 물거품처럼 사라지는 가르침이 거짓 종교요, 교주가 죽고 나서 더욱 알차게 자라나는 가르침이 참 종교다."

"그래서 유대교도 이슬람도 참 종교라고 하신 겁니까? 모세와 마호메트가 죽은 뒤에도 그들이 가르친 법에 따라 사는 자들이 더욱 왕성해졌으니까요."

"그렇다."

"알겠습니다. 그런데 참 종교인 유대교와 이슬람이 어째서 저토록 오랜 분쟁을 계속하고 있는 겁니까?"

"네 언어가 참으로 어지럽구나. 어떻게 그런 일이 일어날 수 있단 말이냐? 시방 무기를 들고 싸우는 자들은 모세와 마호메트(의 가르침)가 아니라 그들(의 가르침)에 눈이 멀어버린 맹목의 인간들이다. 햇빛에 눈이 먼 올빼미가 길을 잃었다. 그 탓을 햇빛에 돌릴 수 있겠느냐?"

"그럴 수는 없습니다. 그러나 사실 그건 올빼미 탓도 아니지요."

"옳다. 올빼미 탓도 아니다."

"그렇다면, 저렇게 전쟁의 배경에 버티고 있는 맹목의 인간들을 그냥 둬야 합니까?"

"그들을 그냥 두어도 된다면 내가 무엇 때문에 이 땅에 와서 사람들한테 미움을 받아가며 십자가에 달렸겠느냐? 저들이 먼 눈을 다시 뜨도록 도와야 한다."

"무엇으로 그 일을 할 수 있습니까?"

"눈뜬 자의 참사랑이 있을 뿐이다. 십자가는 고통이 아니라 죽음이요 그 죽음의 껍질 속에 담긴 알속은 참사랑이다."

"선생님, 처음부터 올빼미가 눈을 멀지 않을 수도 있잖습니까? 아예 모세도 마호메트도 없었다면 그들(의 가르침)에 눈이 멀어버린 맹목의 인간들도 없었을 것 아니냐는 말씀입니다."

"하느님이 천지를 짓지 않으셨다면 괴로운 인생도 없었을 것 아니냐는, 초등학교 아이들의 질문 같구나. 너는 너에게 내가 없었더라면 좋았겠느냐?"

"그건 모르지요. 저에게 선생님이 계시지 않은 경우를 상상할 수 없으니까요."

"그렇다. 가보지 않은 길은 모르는 길이요 모르는 길은 없는 길이다. 계속해서 쓸데없는 질문으로 시간을 허비할 참이냐?"

“하도 답답해서 드린 말씀입니다. 도대체 왜 그리고 언제까지 이와 같은 어둠과 분쟁의 현장에 우리가 있어야 하는 겁니까?”

“어머니 뱃속에서부터 눈이 먼 사람은 ‘어둠’이 무엇인지를 모른다. ‘이것’을 알려면 ‘이것 아닌 것’을 겪어보아야 한다. 넘어진 자만이 일어날 수 있고 맹인만이 눈을 뜰 수 있다. 지금 네 눈앞에서 전개되고 있는 어둠과 분쟁과 고통의 현장이 밝음과 평화와 즐거움의 신천지로 인도하는 통로임을 잊지 말아라. 그래서 내가 거듭 말한다. 믿음을 지니고 소망을 품어라. 오직 눈뜬 자의 참사랑이 있을 뿐이다.”

이미 완벽하다

"선생님, 답답합니다."

"무엇이 답답하냐?"

"어서 이 미망迷妄을 벗어나고 싶은데 잘 되지 않습니다."

"무엇이 잘 되지를 않느냐?"

"누가 싫은 소리를 할 때 화부터 내는 나쁜 버릇이 사라지지를 않습니다."

"누가 그것을 나쁜 버릇이라고 했느냐?"

"그럼 그게 좋은 버릇입니까?"

"그냥 버릇일 뿐이다. 무엇이든지 좋게 보면 좋게 보이고 나쁘게 보면 나쁘게 보이는 법이다."

"그러니 누가 싫은 소리를 할 때 화부터 내는 이 버릇을 내버려두라는 말씀입니까?"

"나는 그런 말 하지 않았다. 너는 네가 아무것도 그냥 내버려둘 수 없는 존재라는 걸 잊었느냐? 아무것도 잡아둘 수 없는 존재라는 걸 잊었느냐? 세상에 고정된 실체라는 것이 없다는 사실을 잊었느냐? 너는 싫은 소리를 듣고 화부터 내는 네 버릇을 결코 그냥 내버려둘 수 없다."

"그럼 저는 어떻게 해야 합니까?"

"아무것도 하지 말아라. 지금의 너 아닌 다른 어떤 존재가 되려고 하지 말아라. 너는 이미 완벽한 사람이다."

"제가 완벽한 사람이라고요? 아닙니다. 저는 너무나도 모자라는 게 많은 사람입니다."

"그렇다. 너는 완벽하게 모자라는 것이 많은 사람이다."

"무슨 말씀인지 모르겠습니다."

"말 그대로다. 너는 모자라는 것이 많은 사람으로서 갖추어야 할 조건을 모두 갖추었다."

"저는 슬기롭지 못합니다."

"그렇다. 너는 슬기롭지 못하다."

"그런데도 완벽한 사람입니까?"

"그렇다. 너는 완벽하게 슬기롭지 못한 사람이다."

"저는 용기도 없습니다."

"그렇다. 너는 완벽하게 용기가 없는 사람이다."

"말장난처럼 들립니다."

"할 수 없다. 그러나 네가 맞장구를 치지 않는데 나 혼자서 말장난을 할 수 있겠느냐?"

"죄송합니다."

"죄송할 것 없다. 그리고 말이 나왔으니 하는 말인데, 사람의 말이란 본디 말장난이다. 말장난 아닌 말은 없다. 그래서 내 일찍이 '사십여년일자불설四十餘年一字不說'이라 하지 않았느냐? 사십여 년 한 마디도 말하지 않았다는 그 말조차도 말장난이긴 마찬가지다…… 말이란 달을 가리키는 손가락과 같다. 보면서 보지 말고 들으면서 듣지 말아야 한다."

"말씀은 무슨 뜻인지 대강 짐작됩니다만, 그래도 여전히 답답합니다."

"답답하거든 답답하거라."

"그래도 됩니까?"

"너에게 '그래서는 안 되는 것'이 없다. 너는 지금 여기에서 이미 완벽한 존재다. 다른 어떤 존재가 되려고 애쓰지 말아라. 내 몸이 이렇게 완벽하거늘 네가 어찌 완벽하지 않을 수 있겠느냐?"

"무슨 말씀이신지요?"

"나는 포도나무고 너는 가지다. 포도나무가 살았는데 가지가 죽을 수 있겠느냐? 완벽한 사람의 발가락이 완벽하지 않을 수 있겠느냐?"

"그래도 나무에서 잘려져 나간 가지는 죽습니다."

"잘려져 나간 가지가 그게 가지냐? 너는 걱정할 터무니가 없다. 네가 완벽한 까닭은 내가 완벽하기 때문이다. 그러니 부디 안심하거라. 너는 결코 한 자리에 머물러 있을 수 없으며, 한 찰나도 너 아닌 존재로 바뀌지 않을 수 없다. 거듭 말한다. 부디 안심하거라. 너는 나무랄 데 없이 옹근 존재다. 저 벌레한테 먹히다 만 나뭇잎을 보아라. 얼마나 아름답게 빛나고 있느냐?"

"선생님, 그래도 아닌 것은 아닌 거지요."

"옳다. 아닌 것은 아닌 것이다."

"벌레한테 먹히다 만 나뭇잎은 그렇다 치고, 다른 사람을 속이고 죽이는 자들도 아름답게 빛난다 하시겠습니까?"

"내가 말하지 않았더냐? 무엇이든지 곱게 보면 곱게 보이고 밉게 보면 밉게 보이는 법이다. 그래서 부처 눈에는 지옥이 극락이요, 죄인 눈에는 극락이 지옥이라 했다."

"그렇지만 저로서는 방금 하신 말씀을 받아들이기 어렵습니다."

"그러면 받아들이지 말거라. 금강산을 다 알고 나서야 금강산에 들어갈 수 있는 것은 아니다."

"제 가슴의 답답함을 그대로 안은 채 여기서 말문을 닫아야겠습니다."

"그러자. 잘 생각했다. 우리의 대화가 반드시 '해피 엔딩'으로 끝나야 한다는 법은 없다. 그래도 보아라, 하늘은 저렇게 오늘도 티없이 맑지 않느냐?"

"제 눈에는 검은 구름이 잔뜩 끼었는데요?"

"내 눈에도 구름은 보인다. 그러나 하늘은 구름이 아니잖느냐? 하늘은 하늘이기에 언제나 한결같이 맑고 밝다. 그러지 않을 수가 없다. 마찬가지로, 사람은 사람이니까 누구나 옹근 사람인 것이다."

"그렇다면 한 말씀만 더 여쭙겠습니다. 제가 이미 완벽한 사람이라면 어째서 저에게 '하늘에 계신 아버지가 온전하신 것처럼 너도 온전한 사람이 되라'고 하셨습니까? 선생님 말씀에 모순이 있지 않습니까?"

"왕자가 자기 신분을 잊고 거지로 살아간다. 너라면 그에
게 뭐라고 하겠느냐?"
"너는 왕자니까 왕자로 살라고 하겠습니다."
"내 말이 바로 그 말이었다."

삶과 죽음

"삶은 무엇이고 죽음은 무엇입니까?"

"삶은 떠나가는 것이고 죽음은 돌아오는 것이다."

"어디로 떠나고 어디로 돌아옵니까?"

"밖으로 떠나고 안으로 돌아온다."

"무엇의 밖이고 무엇의 안입니까?"

"무無!"

아무것도 하지 말아라

"《금강경》에 이르시기를, 갠지스 강 모래알만큼 많은 칠보
七寶로 보시布施하여 얻는 복덕福德보다 선생님 말씀 한 마디
읽어주어서 얻는 복덕이 견줄 수 없을 만큼 크다고 하셨는데
요, 어째서 그렇습니까?"

"앞의 복덕은 있는 복덕이고 뒤의 복덕은 없는 복덕이기
때문이다."

"없는 복덕이 있는 복덕보다 크다는 말씀입니까?"

"그렇다."

"잘 못 알아듣겠습니다."

"그냥 큰 것하고 한없이 큰 것하고, 어느 것이 더 크냐?"

"그야, 한없이 큰 게 더 크지요."

“한없이 크다는 말은, 그 크기에 한계가 없다는 말이니 곧 ‘바깥’이 없다는 말이다. 여기까지는 알아듣겠느냐?”

“예.”

“‘바깥’이 없으면 ‘안’도 없겠지?”

“예.”

“안팎이 없는 것도, 있는 것이냐?”

“안도 없고 밖도 없으면, 그건 없는 거지요.”

“그래서 한없이 큰 것은 없는 것이다. 이쪽 복덕이 저쪽 복덕보다 큰 이유는 저쪽 복덕이 한있이 큰 데 반하여 이쪽 복덕은 한없이 크기 때문이다. 그래서 ‘크다’고 말할 수 있는 것은 진실로 큰 것이 아니라고 내가 말하지 않았더냐?”

“알겠습니다. 그런데 칠보로 베푸는 보시가 선생님 말씀으로 베푸는 보시보다 공덕功德이 적은 이유는 무엇입니까?”

“칠보는 안팎이 있지만 법은 안팎이 없어서다.”

“칠보는 한限이 있지만 법은 한이 없다는 말씀입니까?”

“그렇다.”

“무엇이 칠보요 무엇이 법입니까?”

“네가 칠보요 네가 법이다.”

“예?”

“네가 스스로 너를 닫으면 있는 듯 없는 칠보가 되고, 너를 열면 없는 듯 있는 법이 된다.”

“좀더 설명해 주십시오.”

“우주宇宙를 생각해 보아라. 우주에 바깥 경계가 있느냐?”

“없겠지요. 있으면 우주 아닌 게 있다는 얘기니까요.”

“바깥이 없는 우주는 따라서 안도 없다. 안팎이 없는 우주, 그게 어떤 물건이냐?”

“한없이 큰 물건입니다.”

“한없이 작은 물건이기도 하지. 바로 그 안팎이 없는 우주, 한없이 크고 한없이 작은 우주에 네가 속해 있다. 너와 우주는 한 몸이다. 그런데 너는 너를 우주와 하나로 되게 할 수도 있고 동떨어진 것처럼 되게 할 수도 있다. 조심해서 알아들어라. 동떨어진 것처럼 되게 할 수 있다고 했다. 동떨어진 것으로 되게 할 수 있다고는 하지 않았다.”

“어떻게 말씀입니까?”

“고대 말하지 않았느냐? 네가 너를 열어놓으면 우주와 한 몸이 되는 것이고 네가 너를 닫으면 우주와 별개인 양 되는 것이다. 누구든지 우주와 하나가 되면 곧 법이요 우주와 별개인 양 되면 곧 근사한 칠보다. 자기를 열어놓은 자는 시공

時空을 넘어 영원永遠에 살고 자기를 닫아놓은 자는 있지도 않은 시공에 갇혀서 산다. 앞사람은 한없이 큰 사람이요 뒷사람은 한있이 큰 사람이다.”

“구체적인 예를 들어서 말씀해 주십시오.”

“너는 내가 게쎄마니 동산에서 지상의 마지막 밤을 뜬눈으로 지새며 한없이 크신 분, 없는 듯 계신 분, 나의 우주, 나의 뿌리, 나의 아버지께 기도한 내용을 알고 있지 않느냐?”

“성경을 읽어서 알고 있습니다. 선생님께서는 이렇게 기도하셨지요. ‘아버지께서는 모든 것을 하실 수 있으시니 이 죽음의 잔을 저에게서 거두어주십시오.’”

“그랬다. 그렇게 기도했다. 그게 나의 솔직한 본심이었다.”

“그렇지만 곧이어 또 이렇게 기도하셨지요. ‘그러나 제 뜻대로 마시고 아버지 뜻대로 하십시오.’”

“그것 또한 나의 본심이었다. 내 뜻을 닫고 아버지 뜻을 열어드리는 그것이 바로 내 뜻이었다는 얘기다. 알겠느냐? 부정否定 곧 긍정肯定이다. 닫는 것이 여는 것이요 죽는 것이 사는 것이다. 그날 밤, 나는 우주 앞에, 시작도 끝도 없는 아버지 앞에 나를 활짝 열었다. 그리하여 열려 있는 우주와, 아버지와, 세상과 하나로 되었다. 달리 말하면 스스로 아무것도 아닌 존재로 되었다는 얘기다."

"열려 있음은 어떤 상태를 말합니까?"

"'내 뜻'과 그것을 실현할 '나'라고 할 만한 게 도무지 없
는 상태다. 일어나는 모든 일을 그대로 받아들이는 것이다.
게쎄마니 동산의 밤을 지내고서 내가 무엇을 했더냐?"

"몸소 하신 일은 없으셨지요."

"그렇다. 나는 아무 일도 하지 않았다. 다만, 일어나는 모
든 사태를 받아들였을 뿐이다. '받아들였다'는 말도 새겨들
어야 한다. 적극적으로 받아들이는 '행위'를 한 게 아니다.
차라리, 가만히 있었다고 하는 게 더 적절한 표현이겠다. 가
만히 있는 것은 자기를 포함하여 모든 것을 그대로 있게 하
는(let it be) 것이다."

"그것이 열린 사람의 모습인가요?"

"그렇다. 열린 사람은 아무것도 하지 않음으로써 모든 것
을 하는 사람이다. 노자의 위무위무불위爲無爲無不爲가 그 모
습을 가리켜 한 말이다."

"세상에, 일어나는 일을 받아들이지 않는 사람이 있습니
까?"

"그럴 수 있는 사람은 없다. 그러나 거절하면서 받아들이

는 사람은 많이 있다. 우주와 동떨어진 사람은 없지만 자신을 우주와 동떨어진 존재인 양 만드는 사람은 많이 있듯이.”

“그건 착각이지요.”

“옳다. 많은 사람이 착각 속에서 살아가고 있다. 문門에 ‘거절’이라는 패를 걸어놓고서 그 문으로, 죽음을 포함하여, 일어나는 모든 일을 받아들이는 것이다. 거기서 온갖 고통이 온다. 고통은 고통 자체에 있지 않고 그것을 거절하는 마음에 있다. 열려 있는 사람은 고통이 닥칠 때 고통과 하나로 된다. 물에 들어가면 물이 되고 불에 들어가면 불이 된다. 그래서 물에 빠지지 않고 불에 타지 않는다.”

“제가 어떻게 하면 열린 존재로 될 수 있을까요?”

“너는 본디 열려 있는 존재다. 네가 닫힌 존재로 될 수 있다는 착각에서 벗어나거라. 너는 한없이 커서 그래서 어디에도 없는, 그런 존재다. 그러니 우선, 열린 존재가 되고 싶다는 그 마음부터 내려놓아라.”

“지금 당장 무엇을 해야 합니까?”

“아무것도 하지 말아라. 아무것도 하지 말지도 말아라. 우주가 너를 관통하여 흐르도록 내버려두어라. 내버려두는 일도 하지 말아라.”

"그럼, 도대체 인생을 어떻게 살라는 말씀입니까?"

"말馬 위에 앉아서 말을 어떻게 타는 거냐고 묻는구나. 그만 얘기 접고 먹이나 갈자. 오늘 저녁 현숙이네 집에 갈 때 글 한 줄 써다 주기로 아침 산책길에 마음먹지 않았느냐? 먹도 있고 벼루도 있고 물도 있다. 무슨 걱정이냐?"

흐름이 있을 뿐

"저 오동나무가 '오동나무 아닌 요소들' 만으로 이루어지 듯이 사랑은 사랑 아닌 것들로 이루어진다. 하느님 아닌 것 들의 총합이 하느님이다. 나 또한 '나 아닌 것들' 로 이루어진 존재다. 알겠느냐? 내가 어째서 '죄인' 인 너를 소중히 여기 는지?"

"'죄인인데도' 가 아니라 '죄인이라서' 소중히 여기시는 겁 니까?"

"잘 말했다. 그러니 걱정 말아라. 너 없으면 나도 없다. 굳 이 의인이 되려고 하지 말아라. 아울러 죄인이 되려고도 하 지 말아라. 너는 없다. 끊임없이 바뀌는 흐름이 있을 뿐이다. 너도 흐르고 나도 흐른다."

"제가 다른 사람이나 사물도 그렇게 대해야겠지요?"

"이를 말이냐? 보아라, 시방 저 전깃줄에 나란히 앉아 지저귀는 것들 속에서 지저귀고 있는 건 누구며, 지저귀는 소리를 옮겨주는 건 누구며, 네 속에서 그것을 듣고 있는 건 누구냐?"

"주인님이십니다."

"그렇다, 너다."

무엇을 묻고 있느냐

"선생님, 어째서 가슴보다 등에 땀이 더 많이 날까요?"

"대답하지 않겠다."

"왜 그런지 모르십니까?"

"안다."

"그런데 왜 대답하지 않겠다고 하십니까?"

"내 맘이다."

"그런 법이 어디 있습니까?"

"여기 있다. 내가 왜 대답하지 않는지 굳이 알고 싶다면,
저 옛날 우주의 기원을 묻는 바라문에게 내가 어떻게 대답했
는지를 회상해 보아라."

"그때 선생님께서는 우주의 기원을 설명해 주시는 대신 유

명한 '독화살 비유'를 들려주셨지요. 독화살을 맞은 사람에게 필요한 것은 독화살의 기원을 일러주는 게 아니라 그 몸에서 독을 제거하여 살리는 일이라고요."

"어째서 가슴보다 등에 땀이 더 많이 나는지를 알고 싶거든 생리학에 관한 책이 많이 나와 있으니 뒤져보거라. 상대방이 어떻게 대답하는지 알아보기 위한 질문은 질문이 아니라 불신저틈이다."

"……"

"사람은 질문하는 존재다. 무엇을 묻느냐가 그의 생애를 결정한다. 나를 의심하지 말아라. 어머니가 어떻게 하는지 알아보려고 밤중에 우는 젖먹이는 없다. 네가 젖먹이처럼 되지 않으면 결코 내 나라에 살 수 없을 것이다."

세상 모든 것이 네 것이다

"수행修行을 하는 데 게으르지도 말고 서두르지도 말라고
들 합니다."

"옳은 말이다. 그렇게 하여라."

"어떻게 하면 게으르지도 서두르지도 않을 수 있습니까?"

"네 움직임이 때에 일치되도록 하여라."

"노자의 동선시動善時를 말씀하시는 겁니까?"

"그렇다."

"때에 맞추어 움직이는 것이 어렵습니다."

"때에 맞추어 움직이려고 하니까 어려운 것이다. 사실, 때
에 맞추어 움직이는 것은 어려운 일이 아니라 불가능한 일이
다. '움직임'을 때에 맞추려고 하면, 그 때문에 네 움직임이

76

때에 일치될 수가 없다. ‘움직임을 때에 맞춘다’ 는 말 속에 이미 움직임과 때의 어긋남이(또는 구분이) 전제되어 있거니와, 네가 무슨 노력을 해도 어긋나 있는 둘의 간격을 좁힐 수는 없을 것이다. ‘때’ 를 살펴 파악한 뒤에 거기에 맞추어 움직이려고 하지 말아라. 벌써 늦었다. 아니면 너무 이르다.”

“그러면 어떻게 해야 저의 움직임이 때에 일치될 수 있을까요?”

“네 몸을 허공처럼 비워 모든 것에 굴복하고 모든 것을 받아들여라. 너의 삶이 온전한 수동태로 되면, 네 모든 움직임이 때에 들어맞아서, 게으르려고 해도 게으를 수 없고 서두르려고 해도 서두를 수 없게 된다.”

“어떻게 모든 것에 굴복하고 모든 것을 받아들일 수 있습니까?”

“잊었느냐? 너는 지금 빈틈없는 선생의 인도를 받아 빈틈없는 학습 과정을 밟고 있는 내 제자다. 네가 나를 의심하느냐?”

“아닙니다. 선생님을 의심하다니요? 아시지 않습니까?”

“그렇다면, 모든 것을 받아들이고 모든 것에 굴복하는 것이 곧 나를 받아들이고 내게 굴복하는 것임을 몰랐더냐?”

"그게 그런 뜻입니까? 그러나 사실, 받아들이기 싫은 상황이 있거든요."

"나를 믿는 네 믿음이 아직 온전하지 못해서 그렇다. 네가 참으로 나를 믿는다면 너에게 '받아들이기 싫어할 상황'이란 발생하지 않는다는 사실을 알 것이다."

"어째서 그렇습니까?"

"나는 내 제자를 내 몸처럼 아끼고 사랑한다. 내 제자와 나는 한 몸이다. 나는 나와 한 몸인 내 제자에게 유익하지 않은 일이 일어나도록 방치하는 그런 선생이 아니다. 네 몸에 일어나는 일을 내가 겪고 있는 것이기 때문이다."

"그것은 알고 있습니다."

"어떤 상황이 벌어지든, 그것이 너에게 해를 끼칠 수는 없다. 다만 네가 그렇게 오해하여 그것을 받아들이기 싫어할 뿐이다. 진실인즉, 모든 일이 너를 위해, 네 학습을 돕기 위해 일어나는 것이다. 온 세상이 네 것이고 너는 그리스도의 것이고 그리스도는 하느님의 것이라는 말을 못 들었느냐?"

"들었습니다."

"말 그대로다. 세상 모든 것이 너를 위해 있는 '네 것'이다. 이 사실을 믿고 받아들여라. 그러면 너를 허공처럼 비워 모든 상황을 받아들이고 모든 것에 굴복할 수 있을 것이다."

"그것과, 게으르지도 않고 서두르지도 않는 게 무슨 상관
입니까?"

"모든 상황을 받아들이고 모든 것에 굴복하는 사람은 '지
금 여기'를 옹글게 사는 사람이다. 그러지 않고서는 모든 것
에 굴복하고 모든 상황을 받아들일 수 없기 때문이다. '지금
여기'를 옹글게 산다는 말은 인간에게 주어진 유일한 현장인
'영원한 오늘'을 산다는 말이다. 그렇게 사는 사람은 마음이
과거에 가 있지도 않고 미래에 가 있지도 않고 현재에 붙잡
혀 있지도 않다. 마음이 과거에 가 있는 사람은 움직임이 게
을러지고 마음이 미래에 가 있는 사람은 움직임이 서둘러지
고 마음이 현재에 붙잡혀 있는 사람은 움직임이 굳어지게 마
련이다."

"그러니 저로서는 무엇을 시도하거나 수고롭게 애쓸 일이
없는 건가요?"

"모든 일을 하면서 아무 일도 하지 않는, 그런 사람은 무슨
일을 도모하거나 그것을 이루고자 수고롭게 애쓰지 않는다.
아무 일도 하지 않는데 모든 일이 절로 이루어지니, 무위이
화無爲而化란 말이 그래서 있는 게 아니겠느냐?"

"알겠습니다. 눈이 어두워져서 글씨를 계속 쓰기가 어렵군
요."

"오늘 일, 할 만큼 했다. 편히 쉬어라. 안심하여라. 모든 것
이 너를 위해 빈틈없이 진행되고 있다. 게으르지 않으려고도
하지 말고 서두르지 않으려고도 하지 말아라. 다만 벌어지는
(다가오는) 상황을 있는 그대로 받아들이고 그 가운데 내게
굴복하여라. 그뿐이다. 이 세상 모든 것이 너를 위해 있는 네
것이다."

'그것' 아닌 '이것' 으로 살기

"티베트 승려 쵸감 트룽파가 어느 강연에서 '특별한 존재
가 되려 하지 말라' 고 했는데요, 무슨 뜻입니까?"

"말 그대로 특별한 존재가 되려 애쓰지 말라는 얘기다."

"사람이 저마다 특별한 존재로 되고 싶어하는 건 본능 아
닐까요?"

"아니다. 본능이라는 말을 아무 데나 쓰지 말아라. 그것은
본능이 아니라 착각에서 빚어진 터무니없는 성향일 뿐이다."

"착각이라고요?"

"그렇다. 사람들이 특별한 존재로 되고 싶어하는 것은 이
세상에 '특별한 존재' 라는 것이 존재한다는 착각에서 나온
것이다. 그런 것은 없다. '특별한 사람' 이란 이 사람을 저 사

람에 견주어보는 상대적 관점에서만 말할 수 있는, 실체가 아닌 '개념'일 뿐이다. 네가 어떤 사람을 다른 사람에 견주어 특별한 사람으로 보니까 그 사람이 특별한 사람으로 보이는 것이다. 이 세상이 말하는 특별한 사람이란, 특별한 사람이 아니라 누군가에 의하여 특별한 사람으로 여겨진 사람이다."

"그렇지만 예를 들어 베토벤이나 히틀러 같은 사람은 특별한 사람 아닙니까?"

"베토벤 곁에 아무도 두지 말고 그 사람만 보아라. 그의 어디가 특별하고 어디가 특별하지 않느냐? 베토벤 자신은 특별하지도 않고 평범하지도 않은, 그냥 사람이다. 히틀러도 마찬가지다. 실체와 그것에 붙여진 이름을 같은 것으로 혼동하기 때문에 사람들은 대상을 있는 그대로 보지 못한다. 있는 그대로 보지 못한다는 말은 실체를 보는 대신 그 이름을 실체로 착각한다는 말이다.

네가 말하는 '특별한 베토벤'은 사람들이 그에게 붙여준 이름일 뿐이다. '특별한 사람'이란 허명虛名만으로 존재하는 허깨비와 같다. 트룽파의 말은 허깨비로 살려 하지 말고 실체로 살라는 얘기다."

"어떻게 하면 그럴 수 있습니까?"

82

"말 그대로다. 특별한 존재가 되려고 애쓰지 말아라."

"그게 어렵습니다. 요령을 일러주십시오."

"우선, 세상에는 특별한 존재라는 '개념'이 있을 뿐 그런 '실체'가 존재하지 않는다는 사실을 명심하되 언제나 잊지 않도록 가슴에 깊이 새겨두어라. 그러기 위해서 모든 사람을 특별한 사람으로, 모든 존재를 특별한 존재로 보는 관점을 가져보는 것도 한 방편이 될 수 있다. 모두가 특별하면 특별한 존재가 따로 있을 수 없는 것이다. 잘 보면 한 사람 한 사람이 그 누구와도 견줄 수 없을 만큼 독특한 사람으로 보인다. 사실이 그렇기 때문이다. 그런 눈을 뜰 때 너는 범상凡常이 비상非常이라는 말을 실감하게 될 것이다."

"그런 눈을 가지고 사는 사람의 모습은 어떨까요?"

"그 사람은 내일 저기에서 '그것'이 되려 하지 않고 오늘 여기에서 '이것'으로 만족하며 살아간다. 특별한 존재(이것이 아닌 그것)가 되려는 마음을 비우지 않는 한, 수억만 년을 살아도 너는 결코 깨달음을 얻기는 그만두고 행복한 인생을 살지도 못할 것이다."

"……"

"부처는 모습이 없다. 그래서 온갖 모습을 두루 갖춘다. 살

인 강도한테서 살인 강도의 모습을 한 부처를 볼 때, 비로소
너는 네 모습을 한 부처를 보게 될 것이다."

숨을 '쉰다' 는 것

"숨을 쉰다는 것은 무엇입니까? 어떻게 숨쉬는 게 제대로 숨쉬는 것입니까? 무엇을 쉰다는 말은 하던 일을 그만둔다는 말인데요."

"그렇다. 제대로 숨쉬는 것은 숨쉬기를 그만두는 것이다."

"그렇다면 죽는 것을 의미합니까?"

"죽으면 숨쉬기를 그만둘 수가 없지 않느냐?"

"숨쉬기를 그만둔다는 말씀을 못 알아듣겠습니다."

"너는 세상에 태어나 지금까지 숨쉬기를 그만두어 본 적이 있느냐?"

"잠깐씩 숨이 들어오거나 나가는 것을 참아본 적은 있지만 숨쉬기를 그만둔 적은 없는 듯합니다. 그랬다면 벌써 죽었겠지요."

"그렇다. 살아 있다는 말은 숨을 쉬고 있다는 말이다. 앞으로도 숨이 끊어질 때까지 너는 계속 숨을 쉴 것이다."

"그렇겠지요. 그런데 그 숨을 어떻게 그만 쉰단 말씀입니까?"

"너는 힘든 일을 하다가 '십 분간 휴식!' 이라는 말을 들었을 때 어떠했느냐?"

"해방감을 느꼈습니다."

"그 말을 듣고서 어떻게 했느냐?"

"하던 일을 놓고 주저앉았습니다."

"그러면서도 숨은 계속 쉬고 있었겠지?"

"물론입니다."

"사람이 무슨 일을 하든, 살아 있는 한 숨은 쉬게 되어 있다. 이 말을 둘러 하면, 숨을 쉬는 사람은 무슨 일이든 하고 있다는 말이 된다. 네가 '하던 일을 놓고 주저앉은' 것도 그 순간 네가 한 행위였다."

"그래서요?"

"숨쉬기는 모든 행위의 어미요 바탕이다. 그것은 네가 처음으로 한 행위면서 마지막으로 할 행위다. 네 모든 행위가 숨에서 비롯하여 숨으로 마감되는 숨의 변형이다. 길 걷고 밥 먹고 말하고 잠자는 게 모두 모양을 달리 한 너의 '숨'이라는 얘기다."

"모든 것이 숨에서 나왔다가 숨으로 돌아간다는 말씀입니까?"

"그렇다. 네 모든 행위, 고된 일을 하거나 '십 분간 휴식'으로 주저앉아 있거나, 그 모두가 너의 '숨'이다."

"이렇게 공기를 들여마시고 내보내고 하는 것도 숨이지요."

"물론! 제대로 숨을 쉰다는 건 바로 그 숨쉬기를 하지 않는 것이다."

"숨쉬기를 하지 않는다고요?"

"'숨'을 비롯하여, 그것을 바탕삼아 이루어지는 모든 행위에서 의도와 목적을 없애는 것, 그리하여 네가 숨을 마시고 내보내는 게 아니라 숨이 저절로 네 몸을 드나들게 하는 것, 그것이 제대로 숨을 쉬는 것이다."

"아하, 하지 않음으로써 하라는 말씀이군요?"

"숨을 '쉬지' 않는 게 바로 숨을 쉬는 것이다. 하지 않는 게 가장 잘하는 것이라는 진리를 '쉰다'(息)는 한 마디 말에 담아낸 선조들의 지혜가 이제 좀 짐작되느냐?"

“절묘합니다!”
“그래서 내가 뭐라고 했더냐? 수고하고 무거운 짐을 진 자
는 다 내게로 오라, 내가 너희를 쉬게 하리라고 하지 않았더
냐?”

2

쓸쓸함

"선생님, 오늘 종일토록 참 쓸쓸했습니다."

"알고 있다. 축하한다."

"축하한다고요? 무엇을 말입니까?"

"네가 하루종일 쓸쓸했다는 사실을."

"그게 어째서 축하받을 일입니까?"

"무엇보다도, 네가 아직 살아 있지 않느냐? 죽은 자는 쓸쓸할 수 없다. 살아 있다는 것은 내 가르침을 받을 기회가 아직 남아 있다는 뜻이니 축하할 일 아니냐? 그래, 온종일 그냥 쓸쓸하기만 했느냐?"

"왜 쓸쓸한지 생각해 보았습니다."

"왜 쓸쓸한지 알아냈느냐?"

"곁에 사람이 없어서 그런가 하고 생각해 보았습니다만, 전에도 사람 없는 데서 온종일 말 한 마디 없이 라디오도 듣지 않고 지내봤는데 그때엔 쓸쓸함이 느껴지지 않았으니, 곁에 사람이 없어서 쓸쓸한 것은 아니라는 결론을 내렸습니다. 비가 와서 그런가 하고 생각해 봤습니다만, 비 오는 날이 어디 오늘 하루뿐인가요? 결국, 왜 이렇게 허전하고 쓸쓸한지 그 이유를 분명히 알아내지는 못했습니다."

"질문이 잘못되었으니 대답이 나올 수 있겠느냐? 나왔다 해도 엉터리였을 것이다."

"질문이 잘못되었다고요?"

"무슨 일이 있을 때 그 일이 왜 일어났느냐를 묻는 것은 그 일을 해결하는 데 도움이 되지 않는다. 태어나면서 맹인이었던 사람에 얽힌 이야기를 기억하고 있겠지? 사람들이 내게, 그가 왜 맹인으로 태어났느냐고 물었을 때 나는 이 때문도 아니고 저 때문도 아니고 다만 그에게서 하느님이 하시는 일을 드러내기 위해서라고 했다. '왜'를 묻는 대신 '어떻게'를 물을 때, 너에게 일어나는 모든 일이 의미를 띠게 된다."

"저의 쓸쓸함을 통해서, 쓸쓸한 삶을 살아가는 다른 사람들을 아주 조금 이해할 수 있을 것 같았습니다."

"바람직한 일이다. 그리고 또 무슨 생각이 들었느냐?"

"절대로 무엇을 안다고 또는 무엇을 한다고 사람들 앞에 나서지 말아야겠다는 생각이 들었어요. 제가 너무나도 작고 못난 존재임을 절실하게 느꼈습니다."

"그래라. 만사에 나서는 일이 없도록 조심 또 조심하여라. 참 좋은 생각을 하였다. 또 무슨 생각이 들었느냐?"

"용숙이 생각을 많이 했어요. 그 사람을 여러 번 울게 한 것에 대하여 너무나도 미안하고 후회스러웠습니다. 그 빚을 갚을 수만 있다면 무슨 짓이라도 할 수 있을 것 같았어요."

"지나치게 감상적인 발언으로 들린다. 이제 남은 세월이라 도 진심으로 사랑하거라. 일등능제천년암—燈能除千年暗이라 하지 않았느냐? 용숙이도 너에게 진 빚이 있을 터이니 서로 갚으면 보기가 괜찮겠구나. 또 무슨 생각을 했느냐?"

"용숙이뿐만 아니라 누구를 만나든지 지극 정성으로 대해 야겠다는 생각이 들었습니다."

"물론이다. 또 무슨 생각이 들었느냐?"

"생각나지 않습니다."

"지금도 쓸쓸하냐?"

"모르겠습니다."

"쓸쓸함도 너에게 온 손님이다. 지극 정성으로 대접하여라."

"어떻게 하는 것이 쓸쓸함을 잘 대접하는 겁니까?"

"쓸쓸한 만큼 쓸쓸하되, 그것을 떨쳐버리거나 움켜잡으려고 하지 말아라. 너에게 온 손님이니 때가 되면 떠날 것이다."

그냥 보아라 1

"새벽에 선생님께서 저를 깨우시어 눈을 감고 보라고 하셨습니다. 맞습니까?"

"맞다. 그래, 무엇을 보았느냐?"

"빛을 보고 싶었습니다."

"빛을 보았느냐?"

"눈부시게 환한 빛은 못 보았고, 희미하게 부연 빛 덩어리들이 날아다니는 것은 가끔 보았습니다. 또 칼날처럼 날카로운 빛이 어둠 뭉치에 가리워 실루엣으로 빛나는 것을 보기도 했습니다."

"희미한 빛도 빛이요 가려진 빛도 빛이니 빛을 보긴 했다만, 그런 건 아무 때나 누구나 눈을 감으면 나타나는 빛이다."

"빛을 보려고 하지 말라는 선생님 말씀을 들었습니다. 맞
습니까?"

"내가 그렇게 말했다. 네 속에 빛을 보고자 하는 마음이 조
금이라도 남아 있는 한, 너는 결코 빛을 보지 못할 것이다."

"그렇지만 빛을 사모하지 않는 자가 빛을 볼 수 없는 것 또
한 사실 아닙니까?"

"그가 그 마음을 놓아버리지 않으면 빛을 볼 수 없는 것 또
한 사실이다."

"위무위爲無爲로군요?"

"근사한 말이다."

"선생님께서는 저에게 '무엇' 을 보려고 하지 말고 그냥 보
라고 하셨습니다. 제가 바로 들었습니까?"

"그렇다."

"그냥 본다는 게 좀처럼 쉽지 않더군요. 나는 지금 천장을
본다, 책상을 본다, 돌멩이를 본다…… 이런 생각 없이 그
냥 본다는 게 거의 불가능하다는 생각이 들었습니다."

"'무엇' 을 네가 보니까 그렇다. 보는 자와 보이는 물物이
따로 있는 한 참된 봄seeing은 불가능이다. '무엇' 을 보지 말
고 그냥 보아라. 그냥 보되 건성으로 훑어보지 말고 자세히

96

정성껏 보아라. 네가 보는 물物에 붙여진 '이름'으로 하여금 너와 물物 사이를 가로막지 못하게 해야 한다. 오직 사랑만이 너와 물物 사이를 잇게 하여라. 그리하면 눈길 닿는 데마다 신비神秘가 보일 것이다. 당분간 그렇게 보는 연습을 자주 하거라."

"고맙습니다."

"고마울 것 없다. 내 일을 할 따름이다."

"그래도 저는 고맙습니다."

"마땅한 일이다."

그냥 보아라 2

"오늘 하루 '무엇'을 보지 않고 그냥 보는 연습을 하느라고 해보았습니다만, 그게 너무 막연하고 어렵다는 느낌만 들었을 뿐, 별로 소득이 없었습니다."

"소득이 있거나 없거나 그건 중요한 게 아니다."

"그럼 무엇이 중요합니까?"

"네 판단이나 느낌의 방해를 받지 않고서 보는 연습을 시도한 것만으로도 충분하다."

"그렇지만, 아무것도 보지 못했는데요?"

"네가 판단 없이 '무엇'을 보았다고 말한다면 그것은 앞뒤가 맞지 않는 말이다."

"판단 없이 보는 것과 멍하니 보는 것은 어떻게 다릅니까?

아니면, 같은 것입니까?"

"판단 없이 보는 것은 눈 밝은 사람이 보는 것과 같고 멍하니 보는 것은 맹인이 보는 것과 같다. 어찌 둘을 같다고 하겠느냐?"

"판단 없이 보는 것이 어째서 눈 밝은 사람이 보는 것과 같습니까?"

"그동안 판단이 눈에 비늘이 되어 사물을 있는 그대로 보지 못하게 했는데 그 비늘이 벗겨졌거늘 어찌 눈 밝은 사람이 보는 것과 같다고 아니하겠느냐?"

"선생님, 판단 없이 보려면 어떻게 해야 합니까?"

"네가 오늘 본 것들 가운데 인상 깊었던 것이 무엇이냐?"

"멀리 개울 건너 집 뒤에서 피어오르는 연기였습니다."

"그것을 어떻게 보았느냐?"

"너무 많이 피어올라서 집에 불이 난 건 아닌가 싶었습니다."

"그래, 불이 났느냐?"

"화재는 아니었나 봅니다. 얼마 뒤에 잦아들었으니까요."

"그렇게 생각이 많았으니 제대로 보였을 리가 있겠느냐?"

"나중에야 그렇겠다는 생각이 들었습니다."

"연기를 보고 있을 때 그 생각이 들었으면 좋았을 뻔했다.

무엇을 보든, 보이는 대상과 함께, 보고 있는 너 자신을 아울러 보도록 해라. 그리하여 어떤 판단이나 느낌이 일거든 곧바로 그것들을 지워버려라. 머리를 세차게 흔들거나 눈을 힘주어 감았다가 뜨면 도움이 될 것이다."

"알겠습니다."

"그렇게 떠오르는 생각과 느낌을 떠오르는 대로 지우면서, 예컨대 오늘처럼 피어오르는 연기를 본다면, 네가 연기로 되어 함께 피어오를 때까지 계속 보아라."

"아하, 이신관신以身觀身하고 이가관가以家觀家하라는 말씀이군요?"

"근사한 말이다. 보는 자와 보이는 물物의 하나됨이 판단 없이 보는 연습의 모든 것이다."

"어렵습니다!"

"무슨 일이든 처음에는 어려운 법이다."

"다시 한 번 요령을 일러주십시오."

"무엇을 보든지, 보이는 대상과 그것을 보고 있는 너를 함께 보아라. 판단이나 느낌이 떠오르면 곧바로 지워버리면서 계속 보고 또 보아라."

"도대체 왜 이런 연습을 해야 합니까?"

"네가 하느님을 뵙고 싶다는 원願을 품지 않았더냐? 그 원
을 포기했느냐?"

"아닙니다."

"네가 나를 스승으로 모시기를 그만두기로 했느냐?"

"아닙니다."

"그래도 이런 연습을 왜 해야 하는지 모르겠느냐?"

"알겠습니다. 제발 저를 좀 도와주십시오."

"너나 나를 좀 도와다오."

지금도 쓸쓸하냐?

“지금도 쓸쓸하냐?”

“사흘 만에 날씨가 개어서인지 많이 덜해졌습니다.”

“덜해졌으면 덜해진 것이다. 날씨 때문인지 아닌지, 거기까지 생각할 것 없다.”

“예.”

“그 생각 밑바닥에 숨어 있는 것이 무엇이겠느냐? 너에게 일어나는 일의 원인을 누군가에게로 돌리는 버릇이 바로 그 생각을 먹고 산다. 내가 이러저러한 것은 누가 또는 무엇이 저러이러하기 때문이라는 생각에서, 잘되면 내 탓이요 못되면 조상 탓이라는 속담이 만들어지는 것이다.”

“그렇지만 선생님께서 발견하신 ‘다르마’ 가 바로 그것 아

니었습니까? 이것이 있음은 저것이 있어서요, 저것이 없음
은 이것이 없어서라고 하셨잖습니까?”

“그것은 이 상대계에서 만고불변으로 통하는 원리다. 그러
나 그 원리를 어떻게 활용하느냐에 따라서 결과는 부처의 길
과 범부의 길로 크게 갈라진다.”

“잘되면 내 탓, 못되면 네 탓이 범부의 길이요, 잘되면 네
탓, 못되면 내 탓이 부처의 길인가요?”

“아니다, 그 두 가지가 모두 범부의 길이다.”

“그럼, 무엇이 부처의 길입니까?”

“부처에게는 잘됨도 없고 못됨도 없고 따라서 네 탓도 내
탓도 없다. 너와 내가 따로 없거늘 어찌 네 탓 내 탓이 있겠
느냐?”

“그러면 거기는 연기緣起의 원리가 통하지 않는 경지 아닙
니까?”

“왜 아니냐? 상대계를 벗어나지 않고서 어찌 부처의 길을
들어설 수 있겠느냐? 생사生死의 경계를 넘어서지 않고서 어
찌 그리스도로 살아날 수 있겠느냐?”

“그렇지만 선생님께서도 이 땅에 사시는 동안 저희와 똑같
이 상대계의 다르마를 따라서 사시지 않았습니까?”

"그러나 그것을 범부의 버릇대로 활용하지는 않았다. 내가 무슨 일로 누구를 또는 무엇을 탓하거나 원망하는 것을 보았느냐?"

"생각나지 않습니다."

"없는 것을 어찌 생각해 낼 수 있겠느냐?"

"하기는 공자께서도, 군자君子는 상불원천上不怨天이요 하불우인下不尤人이라고 하셨지요."

"이 세상에는 두 가지 길밖에 없다. 하나는 부처를 등지고 범부로 살아가는 길이요, 다른 하나는 부처를 향하여 범부로 살아가는 길이다. 너는 어느 쪽이냐?"

"감히, 부처를 향하여 범부로 살아가는 길을 걷고 싶다고 말씀드리겠습니다."

"그러니까 날씨 때문인지 아닌지 그런 생각을 하지 말라는 것이다. 그런 생각에 잡혀 있기에 네 탓 내 탓을 따지는 범부의 습관을 벗어나지 못하는 것이다. 보되 판단 없이 보기를 연습하라고 하지 않았느냐? 네 기분을 살펴보되 판단 없이 보아라. 쓸쓸함이 덜해졌으면 덜해졌다고, 그렇게 보면 된다. 왜 그런지를 살피기 시작하는 데서 곁길로 빠져들게 되는 것이다."

"역시, 판단 없이 보는 연습으로 돌아가는군요?"

"네가 지금 학습중이라는 사실을 잊지 말아라. 너에게는 모든 것이 커리큘럼이요 과정이다."

"판단 없이 무엇을 본다는 것은 사실상 불가능한 일 아닙니까?"

"대답하지 않겠다."

"아까 저에게 지금도 쓸쓸하냐고 물으셨는데요, 제가 저를 정말로 판단 없이 보았다면 '많이 덜해졌다' 고 말씀 드릴 수 없었을 것입니다. 덜하다, 더하다는 것 자체가 벌써 판단이니까요."

"……"

"아하, 혹시 '마하가섭의 웃음' 이 그것이었습니까?"

"……"

"선생님께서 들어 보이신 연꽃 한 송이의 뜻을 알아차리긴 했으나 입을 벌려 그것을 말하면 벌써 어긋났으니 그냥 웃어 보인 것 아닙니까?"

"……"

"알겠습니다, 선생님. 오늘도 보되 판단 없이 보는 연습이나 성실히 해보겠습니다."

"네 시선이 네 판단으로 어떻게 뒤틀리고 있는지, 그것을
보는 게 이 연습의 요체임을 유념하거라."

"예, 선생님."

"그래, 지금도 쓸쓸하냐?"

"많이 덜해졌습니다."

"됐다. 오늘은 거기까지요, 거기서부터 시작이다."

"고맙습니다."

"천만에."

작은 일 큰 일

"왜 저는 큰 일보다 작은 일에 자주 걸려 넘어질까요?"

"같은 물건을 무겁게 여기고 들면 가볍고, 가볍게 여기고 들면 무거운 법이다. 사람이 큰 일보다 작은 일에 걸려 넘어지는 까닭은, 큰 일에는 정신을 차리고 작은 일에는 정신을 놓기 때문이다."

"아하, 그래서 성인聖人은 작은 일을 크게 여긴다고 했군요?"

"성인에게는 작은 일 큰 일이 따로 없다. 모두가 큰 일이요 그래서 모두가 작은 일이다. 숟가락 하나를 함부로 들지 말아라. 그러면 태산이 오히려 가벼울 것이다."

좋은 일

"오늘 산책길에 좋은 일이 있을 것이라는 느낌이 강했는데 결국 아무 일 없었습니다."

"진정 아무 일 없었느냐?"

"예."

"참으로 아무 일 없었다면, 그보다 더 좋은 일이 어디 있느냐?"

"……"

"아무리 좋은 계획도 세우지 않느니만 못하고 아무리 좋은 일도 없느니만 못하다. 무아無我야말로 존재의 극치 아니냐? 하느님은 '없이 계시는 분'이라는 다석多夕의 말이 근사한 바 있다. 오늘 예감이 들어맞았구나."

천사들과 함께 살아온 천사

"마사 베크가 쓴 《아담을 기다리며》를 재미있게 읽었습니다."

"내가 쓴 것이다."

"예?"

"무슨 말인지 모르겠느냐?"

"예! 알아들었습니다. 선생님께서 마사 베크를 통해 쓰셨다는 말씀이시죠."

"그래, 읽고 난 소감이 어떠하냐?"

"앞으로 펼쳐질 새로운 세계가 어떤 것일지를 미리 보여주는 예고편 같았습니다."

"앞으로 너희가 만들어갈 세계다. 너희가 만드는 세계 말고는 다른 어떤 세계도 있을 수 없다."

"지금 우리가 살고 있는 이 세계도 우리가 만든 세계인가
요?"

"물론!"

"저기서는 하루에 사만 명이 굶어죽는데 여기서는 너무 많
이 기름지게 먹어 비만으로 고민하는 세계를 말입니까?"

"너희가 만들지 않았으면 누가 만들었단 말이냐?"

"저는 그런 세상을 원치 않습니다. 원치 않을 뿐 아니라 싫
어합니다. 그런 세상을 제가 만들었다는 말씀은 받아들이기
어렵습니다."

"받아들이거나 말거나 사실은 사실이고 진실은 진실이다.
그러나 네가 그 사실을 받아들이기 전에는 다가올 아름다운
세계의 '아담'을 기다릴 자격이 없다."

"알겠습니다."

"책 이야기를 조금 더 하자. 특히 어느 대목에 마음이 끌리
더냐?"

"주인공이 다운증후군 아들을 통해서 지금까지와는 전혀
다른 세계와 가치에 눈을 뜨는 대목입니다. 자기 아들이 다
운증후군을 지닌 아이 모습으로 자기를 가르치러 온 천사임

을 깨닫는 결말 부분에서 느껴지는 바가 많았어요.”

“이를테면?”

“아하, 그러고 보니 나 또한 여태 살아오면서 숱한 천사들을 만났구나! 이런 생각이 들면서 떠오르는 모습들이 여럿 있었습니다.”

“죽는 순간까지 자기가 천사들과 함께 살아온 천사라는 사실을 짐작조차 못하는 사람들이 대부분인데, 뒤늦게라도 눈치를 챘다니 반갑고 대견스런 일이다!”

“무슨 말씀이십니까? 천사들과 함께 살아온 천사라니요?”

“내 말이 네게 과過했더냐?”

“그러니까, 제가 천사라는 말씀입니까?”

“너를 사람으로 보는 눈앞에서는 네가 사람이요, 너를 목사로 보는 눈앞에서는 네가 목사요, 너를 얼치기로 보는 사람 앞에서는 네가 얼치기이듯이, 네가 천사임을 알아보는 눈앞에서는 네가 천사다.”

“그렇다면, 제가 제 아내를 천사로 보면 제 아내가 천사인가요?”

“네가 천사로 보기 전에 이미 천사였다. 이제 네가 그 비밀을 엿볼 만한 때가 되었다.”

“제 아이들도 천사로군요?”

“그렇다.”

“앞집 박씨도 천사입니까?”

“그렇다. 세상에 태어난 사람으로 천사 아닌 사람은 없다.”

“아돌프 히틀러도 천사였단 말입니까?”

“물론!”

“수긍할 수 없습니다. 저는 그가 악마였다고 보는데요?”

“성경에, 타락한 천사가 악마라고 하지 않았느냐? 타락한 천사도 천사다.”

“……?”

“히틀러가 천사였다는 내 말을 네가 수긍하기 어려운 까닭은, 아직도 네 머리 속에 ‘천사’에 대한 편견과 선입견이 남아 있어서 그것들이 너에게 들어오는 정보들을 가로막고 걸러내고 비틀고 뒤집는 작용을 하고 있기 때문이다. 《아담을 기다리며》에서도 주인공이 자신의 편견과 선입견을 비우기 전에는 스승이요 천사인 아들의 정체를 알아보지 못했다.”

“……”

“네 눈에서 편견과 선입견의 비늘이 벗겨지면 모든 사물이 있는 그대로 보일 것이고, 그러면 네가 천사들과 함께 살고 있는 천사임을 알게 될 것이다."

"아하, 그래서 마음이 깨끗하면 하느님을 뵙는다고 하셨군
요?"

"'하느님'에 대한 네 편견과 선입견이 모두 사라지면, 그때
비로소 '똥막대기가 부처'라는 말의 뜻을 알게 될 것이다."

"어렴풋 짐작은 됩니다만 아직 명료하지 않습니다."

"그것이 네가 아직 살아 있는 이유다."

"많은 사람이 《아담을 기다리며》를 읽었으면 좋겠습니다."

"많은 사람들이 읽고 있다."

"많은 천사들이겠지요."

"지금, 말장난하자는 거냐?"

"고맙습니다."

충분히 맛보아라

"도대체 이 기분은 정체가 무엇입니까? 이유 없이 나른하고 도무지 아무 의욕도 일어나지 않고 책조차 읽히지 않습니다.(이런 경우는 처음인 것 같습니다.) 산을 보아도 슬프고 산책을 해도 우울하고 아이들 생각만 해도 눈물이 나고 아내는 볼수록 불쌍하기만 하고…… 앉아 있으면 아무데서나 졸립고 잠을 자도 개운치 않고 군것질만 자꾸 하고 싶고…… 이러다가 죽는 건가요?"

"모두가 소중한 기분들이다. 찬찬히 맛보아라."

"예?"

"네가 지금 연습중이라는 사실을 기억하거라. 맛볼 만한 것들을 맛보고 있는 것이다. 떨쳐버리려 하지 말고, 벗어나

려 하지 말고, 겉에서 다가오면 다가오는 대로 속에서 일어
나면 일어나는 대로, 충분히 맛보아라."

"그렇지만 저는 약속한 바가 있어서 글도 써야 하고 사람
들도 만나야 합니다. 도무지 그럴 기분이 아닌데 그래야 하
니 딱한 일이지요."

"그 또한 소중한 경험이다. 받아들여 남김없이 겪도록 해
라."

"언제까지 이런 기분으로 살아야 합니까?"

"제행무상諸行無常이다. 순간순간을 놓치지 말고, 비가 내리
면 비를 맞고 볕이 밝으면 볕을 쬐어라. 우기청호雨奇晴好라
하지 않았느냐?"

뻥튀기 과자

"어떤 잡지에 제 이름으로 나온 책 광고가 실렸는데 거기
보니까 제 이름 석자 앞에다가 '우리 시대 최고의 영성가' 라
는 타이틀을 붙여놓았더군요. 허허허……"

"그래 어떻게 했느냐?"

"그냥 웃고 말았지요."

"무슨 뜻이었느냐?"

"별 뜻 없었습니다."

"속으로 흐뭇하지 않았느냐?"

"그건 잘 모르겠구요, '허참! 사람들' 뭐 그런 말이 속에서
맴돌았던 것 같기는 합니다."

"아직 멀었다."

"무슨 뜻으로 하신 말씀입니까? 제가 펄쩍 뛰면서 잡지사
에 항의라도 했어야 한다는 말씀인가요?"

"그랬더라면 더 멀었을 게다."

"그럼, 어떻게 해야 합니까?"

"어떻게 해야 한다는 건 없다. 잘했다. 다만 아직 멀었다는
것만 알아둬라."

"예, 선생님."

"너와는 상관없는 일 아니냐?"

"그렇지요. 그래도 '우리 시대 최고의' 라는 말은 좀 심하
잖습니까? 만약에 다른 '영성가' 들이 공정거래위에 제소라
도 한다면 패할 게 뻔하지요."

"그런 일이 있다 해도 너하고는 상관없는 일 아니냐?"

"그렇습니다."

"상관없으면 상관없는 거다."

"알겠습니다."

"원래 광고에는 '뻥튀기' 가 들어 있게 마련이다. 하늘이
무슨 광고를 하더냐? 바다가 자기 선전하는 것 봤느냐? 그
까닭은 하늘도 바다도 뻥튀기를 할 줄 몰라서다. 그건 그래
도, 뻥튀기 과자가 맛은 좋더라."

“아무리 맛있어도 뻥튀기 과자를 먹고 살 수는 없는 일이
지요.”

“말 잘했다. 그런데 만일 누군가가 진짜로(뻥튀기가 아니
라) 너를 ‘우리 시대 최고의 영성가’로 본다면 어떻게 하겠느
냐?”

“저하고 상관없는 일이니 내버려둬야지요.”

“역시 아직 멀었구나.”

“그럼 그 사람을 찾아가서 제발 착각하지 말라고 빌어야
합니까?”

“그런다면 더욱 멀었다.”

“그럼, 제가 어떻게 해야 합니까?”

“어떻게 해야 한다는 건 없다잖았느냐? 갈 길이 먼데 이
얘기는 여기서 마감하자.”

“예, 선생님.”

모든 것이 바로 너다

"망칙스런 꿈을 다 꾸었습니다. 발정난 암캐처럼 닥치는 대로 상대방과 성교를 했어요. 자세하지는 않았지만 아무튼 그랬습니다. 아는 여자도 있었고 모르는 여자도 있었는데, 몇이나 되는지는 기억나지 않습니다. 난생 처음 이런 꿈을 꾸어봅니다."

"네가 발정난 암캐라는 걸 몰랐느냐?"

"예?"

"네가 우주宇宙라고 네 입으로 떠들고 다니지 않았느냐?"

"그랬습니다."

"우주라면 그 속에 발정난 암캐도 살아 있을 것 아니냐?"

"그렇겠지요."

"네 속에 발정난 암캐가 살아 있으면, 네가 발정난 암캐 아니고 무엇이냐?"

"……"

"그놈이 간밤에 때를 만나서 활개를 쳤던 모양이구나."

"……"

"말이나 생각만으로는 안 된다. 생각과 말이 몸으로 되어야(肉化, incarnate) 한다. 개를 볼 때는 네가 개라는 사실을 잊지 말고 닭을 볼 때는 닭이라는 사실을 잊지 말아라. 도둑을 보면 네가 도둑이요 성인聖人을 보면 네가 성인임을 잊지 않도록 늘 유념해라. 네가 만나는 모든 것이 바로 너다. 그렇게 볼 수 있을 때 비로소 이신관신以身觀身, 이천하관천하以天下觀天下가 너한테서 이루어지는 것이다. 그렇게 만물을 대하면 어느 것 하나 소홀히 여길 수 없지 않겠느냐? 그런 사람에게는 이른바 미물이 없다. 모두가 소중하고 사랑스럽고 그리고 불쌍한 존재다. 대자대비는 상대를 구분 짓지 않는 법이다."

"……"

"그래, 발정난 암캐처럼 닥치는 대로 성교를 하면서 느낌이 어땠느냐?"

"쾌감과 불쾌감이 뒤섞였던 것도 같고, 쾌감 자체가 불쾌했던 것도 같고 그랬습니다. 아무튼 이건 아닌데, 하는 그런 느낌이 떠나지를 않았습니다."

"됐다. 잊어버려라. 네가 발정난 암캐로 될 수도 있다는 사실만 기억해 두고…… 좋은 꿈이었다."

곶감 한 개와 오랜 버릇

"어제 오후 내내 배가 아파서 몸과 마음이 언짢았습니다.
밤에 잠들 때까지 계속 아팠는데, 새벽이 되자 겨우 아픔이
가라앉았어요. 뭘 잘못 먹었기 때문이겠지요?"

"……"

"제가 뭘 잘못 먹었을까요?"

"생각해 보아라."

"점심 먹을 때까지 아무렇지 않았는데, 오후 산책 도중에
아프기 시작했으니까……"

"……"

"그래요, 그 곶감 먹은 게 탈인가 봅니다."

"그렇다. 곶감이다."

"곶감도 상한 곶감이 있나요?"

"있지만, 어제는 곶감이 상한 게 아니었다. 네가 그것을 어떻게 먹었는지 잘 생각해 보아라."

"산책 떠나면서 주머니에 곶감 몇 개를 넣었습니다. 그 중 두 개를 꺼내어 하나는 제가 먹고 하나는 마침 동행하게 된 혜원이를 주었지요."

"잘했다."

"그런 다음, 갈래길에서 혜원이를 왼쪽 길로 보내고 저는 마을로 통하는 오른쪽 길을 잡았습니다. 중간에서 만나기로 하고요. 평소 어느 쪽 길이 더 가까울까 궁금했거든요."

"……"

"그래 조금 가다가, 혜원이가 곁에 없을 때 곶감 하나 더 먹자, 하는 생각이 들어서 저만큼 걸어가고 있는 혜원이를 돌아본 다음 하나를 먹었습니다. 사실 별로 맛도 없었어요."

"……"

"그 뒤로는 아무것도 먹지 않았으니 결국 마지막 먹은 곶감 한 개가 문제였던 것 같습니다."

"곶감에 문제가 있는 게 아니었다고 하잖았느냐?"

"그럼, 혜원이 몰래 먹은 게 문제였나요?"

"왜 그랬느냐?"

"별 생각 없었습니다. 그냥, 그랬어요."

"그게 문제였다. 에고가 너를 가지고 놀게 내버려두지 않았느냐? 에고란 별 게 아니다. 뭉쳐진 버릇 덩어리가 에고다. 그까짓 곶감 한 개 뭐가 아깝다고 곁에 사람이 없을 때 얼른 먹어치운단 말이냐? 그러나 그게 아니다. 곁에 누가 없을 때 무엇을 혼자서 먹는 것은 아주 오래 전, 감자 한 알, 콩 한 알이 아쉬운 궁핍의 시절을 겪으면서 네 몸에 스며든 버릇이었다. 너는 그냥 생각 없이 버릇대로 행동했고, 그것은 마음 공부하는 사람의 바람직한 자세가 아니다. 그러니 그만한 벌쯤 받을 만하지 않느냐?"

"예, 그랬군요."

"작은 구멍 하나가 댐을 무너뜨린다. 몸가짐 하나하나를 삼가 조심하라고 하지 않았느냐?"

"예."

"무슨 일을 하든, 누가 또는 무엇이 시방 그 일을 하고 있는지 살펴보아라. 만일 네가 스스로 그 일을 깨어 있는 가운데 하고 있는 게 아니라 네 버릇이 그 일을 하고 있다고 생각되거든 곧 멈추고 다른 데 가 있는 네 마음을 불러오너라. 그

런 다음, 그 일을 계속할 것인지 그만둘 것인지를 검토해서
결정하여라."

"그러겠습니다만, 자꾸 잊으니 그게 탈입니다."

"자꾸 잊으니까 기억하라는 것 아니냐?"

"……"

"어제 그 곶감을 먹기 전, 한 번이라도 내게 물어보거나 네
몸에 물어보았더라면 오후 내내 복통으로 고생하지는 않았
을 게다."

"알겠습니다. 겨울 냇물 건너듯 삼가 조심하라는 말씀의
뜻을 조금 짐작할 것 같습니다."

깨달음의 길

"선생님, 깨달음을 추구한다는 게 무엇입니까?"

"왜 묻느냐!"

"사회 현실을 외면하면서 깨달음의 길을 갈 수 있는 겁니까?"

"길을 밟지 않고서 길을 갈 수 있느냐?"

"그럴 수는 없지요."

"사회 현실을 외면하고서 갈 수 있는 길이 있다면 그것은 '사탄의 길'이지 '깨달음의 길'은 아니다. 속지 말아라. 깨달음이란, 밥 먹고 일하고 사람 사귀는 평범한 일상 속에 있는 것이다."

"저도 그렇게 생각합니다. 그런데 왜 사람들은 제 말이나 생각에 '사회성'이 결여되어 있다고 비판하는 걸까요?"

"너도 그렇게 생각하느냐?"

"아닙니다. 그러나 그렇게 보는 사람들이 있어요. 예를 들면, 제가 부시와 라덴이 한 통속이라는 말을 했을 때 현실에 균형 감각이 없는 도덕군자의 안이한 양비론兩非論에 빠져 있다고 저를 비판한 사람이 있는가 하면, 깊이 생각하지 않고서 남들의 오해를 살 만한 말을 했다고 보는 이들도 있었습니다."

"사람들의 견해란 제 각각이다. 몰랐더냐?"

"그야 그렇습니다만, 제가 알고 싶은 것은 과연 제가 깨달음의 길을 추구한다면서 현실을 외면한 '얼치기 도사'의 길을 가고 있는 것이냐입니다."

"그거야, 네가 판단할 문제 아니냐?"

"그럴 수도 있겠다 싶어서 켕기기는 합니다."

"조심해라. 아무것도 모르면서 아는 척하다가는 그런 사이비로 전락될 수도 있다. 그러나, 네가 나와 계속 만나기만 한다면, 그렇게 될까 염려할 필요는 없다."

"아무튼지 남들의 오해를 살 만한 말을 제가 한 것만은 사실인 것 같습니다."

“오해받을 소지가 없는 말만 골라서 할 수 있는 사람은 아무도 없다. 부시와 라덴이 한 통속이라는 말은 왜 했느냐?”

“아시지 않습니까?”

“내가 너에게 묻는 말이 몰라서 묻는 것이냐? 도대체 나와 대화를 계속하겠다는 거냐 말겠다는 거냐?”

“죄송합니다. 부시가 편을 갈라서 자기네 편을 들지 않으면 적의 편으로 보겠다는 말을 했다기에, 굳이 편을 가르기로 한다면, 라덴과 부시를 저 편에 두고 테러도 전쟁도 반대하는 이들을 이 편에 두자고 말했던 겁니다.”

“그래, 네가 그렇게 말하면 오해할 사람들이 있으리라는 걸 알고 있었느냐?”

“거기까지는 생각 못했습니다. 그러나 알았더라도 그렇게 말했을 것입니다. 아예 말을 안 한다면 모르겠습니다만.”

“누가 무슨 말을 해도 듣는 자에 의하여 오해될 수 있는 것이 사람의 말이다. 거듭 말한다만, 오해받지 않을 말만 골라서 할 수 있는 사람은 없다. 봐라, 얼마나 많은 유대인 동족이 내 말을 오해하여 나를 미워하고 두려워했더냐? 네가 만일 사람들 오해를 꺼려하여 말을 않고 벙어리가 된다면 사람들은 그것에 대하여 또 다른 오해를 지어낼 것이다. 저마다 제 입으로 말하고 제 귀로 듣는다. 그걸 모두 계산하면 하루도 살 수 없는 것이 세상이다. 그러니 사람들 반응에 또 반응하여 공연히 시끄러운 메아리만 만들어내지 말고, 너는 네 길을 가거라. 누가 뭐라고 시비를 걸든 그것은 그 사람 몫이요, 너는 다만 네 중심의 북소리에 발을 맞추어 네 길을 가면 된다.”

“다른 사람들이야 어떻게 되든 상관 말고 제 길만 가면 됩니까?”

“다른 사람들이 어떻게 되든 상관없이 갈 수 있는 길이 있단 말이냐? 있다면 그것은 사탄의 길이지 깨달음의 길은 아니다.”

“그럼 저더러 어떻게 하라는 말씀입니까?”

“답하지 않겠다. 스스로 답을 찾아라. 그것이 네 인생이요 네가 걷고자 하는 깨달음의 길이다. 숙능탁이정지서청孰能濁以靜之徐淸이리오? 누가 능히 스스로 더러워져서 고요함으로써 세상을 천천히 맑게 할 것인가?”

왼뺨 오른뺨

"선생님 말씀 가운데 아마 가장 널리 알려졌으면서도 가장 안 지켜지는 말씀이 '오른뺨을 맞았거든 왼뺨을 돌려대라' 는 것 아닌가 합니다. 그 말씀을 어떻게 알아듣고 어떻게 실천해야 할까요?"

"그것은 '이에는 이, 눈에는 눈' 으로 갚으라는 모세의 법을 치우고 그 자리에 내가 새로이 세운 법이었다. 무슨 말인지 모르겠느냐?"

"그러니까 상대방의 폭력에 같은 방식으로 대응하지 말라는 건가요?"

"불을 불로 끌 수 없듯이 폭력을 폭력으로 이길 수는 없다."

“그러면 지금 폭력을 이기는 방법에 대하여 말씀하시는 겁니까?”

“그렇다.”

“때리는 대로 맞고만 있으라는 얘긴가요?”

“그렇지 않다. 때리는 대로 맞고만 있으면 폭력은 더욱 커질 것이다.”

“‘왼뺨을 돌려대라’ 는 말씀에 열쇠가 있는 줄은 알겠습니다만, 구체적으로 어떻게 하라는 말씀인지 모르겠습니다. 선생님께서도 성전 경비병에게 뺨을 맞으셨을 때, 다른 뺨을 돌려대시지 않고 ‘네가 왜 나를 때리느냐?’ 고 묻지 않으셨습니까?”

“오른뺨 맞았을 때 왼뺨을 돌려대라는 말은, 폭력에 폭력으로 맞서지도 말고 그것을 그대로 받아들이지도 말라는 얘기다.”

“그건 저도 압니다.”

“그럼 무엇을 모르겠다는 거냐?”

“오른뺨 맞고 왼뺨을 돌려대라는 게 무엇을 어떻게 하라는 말씀인지, 그것을 모르겠어요.”

“오른뺨을 맞으면 어떻게 되느냐?”

“고개가 왼쪽으로 돌아가겠지요.”

“왼쪽으로 돌아간 고개를 바로 세우려면 어떻게 해야 하느냐?”

“고개를 오른쪽으로 돌려야겠지요.”

“고개를 오른쪽으로 돌리면 왼뺨을 돌려대는 게 되겠지?”

“그렇지요.”

“그러라는 얘기다.”

“……?”

“지형에 따라서 물머리를 잠시 북쪽으로 돌렸다가도 이내 다시 돌려 남쪽으로 흐르는 것이 낙동강이다. 그렇게 상대의 폭력으로 잠시 틀어진 네 삶의 방향을 곧 다시 바로잡으라는 얘기다. 온 세상이 일어나서 막아도 꺾이거나 되돌려질 수 없는 네 길을 가거라. 누가 너를 죽이면 네 주검을 메고 가거라. 그 길만이 세상(폭력)을 이기는 길이다.”

“간디 선생의 비폭력이 그것이었나요?”

“그는 비폭력을 주장하지 않고 실천했다. 그래서 비폭력이 어떤 것인지를 제대로 안 사람이 되었다. 오른뺨 맞고 왼뺨 돌려대는 게 어떤 것인지를 알고자 한다면 실제로 그렇게 해야 한다. 먹어보지 않고서는 알 수 없듯이, 그대로 살아보지 않고서는 아무도 내 가르침을 이해할 수 없다. 누가 뭐라고 해도, 너는 네 길을 가거라. 네가 가야 할 네 길이 어떤 길인지는 알고 있느냐?"

"알고 있습니다. 지금 여기에서 제 앞에 있는 대상을 사랑하는 것입니다."

"대상에 따라서 사랑하는 방법이 다를 수 있고 달라야 한다는 것쯤 알고 있겠지?"

"물론입니다. 다만, 어떻게 달라야 하는지 그것을 아직 잘 모르겠습니다."

"너 혼자서 가는 길이 아니니 걱정할 바 아니다."

"예, 선생님!"

승부에 대한 집착

"2002년 월드컵이 우리 민족에게 준 교훈이 무엇입니까?"

"대답 못할 질문을 하는구나?"

"어째서요? 선생님께서도 모르는 게 있으십니까?"

"있지도 않은 것을 난들 어떻게 알겠느냐?"

"2002년 월드컵이 우리 민족에게 준 교훈이 없다는 말씀 인가요?"

"무릇, 교훈이란 그것을 받는 자에게 있는 것이다. 주는 쪽에서 아무리 '이것은 내가 네게 주는 교훈이다' 라고 말하면서 이른바 '교훈' 을 준다 해도 받는 자가 그것을 교훈으로 받아들이지 않으면 교훈이 아니기 때문이다. 그러니, 그 질문은 나한테가 아니라 네가 말하는 '민족' 한테 해야 하는 질문이다. 민족에게 물어보아라."

"민족에게 묻다니요? 민족이 어디 있습니까?"

"그러니까 대답 못할 질문이라고 했다. 네가 평생토록 지구를 샅샅이 뒤져도 '민족'을 만나서 2002년 월드컵으로부터 받은 교훈이 무엇인지를 물어볼 수는 없을 것이다. '민족'이란 어디에도 없는 물건이기 때문이다."

"그러면, 민족은 없는 것입니까?"

"그림자는 없는 것이냐?"

"있지요."

"민족도 그렇게 있다. 그것은 너희가 만든 '약속'이요 '개념'이다. 많은 사람이 그 약속과 개념에 자기 목숨을 바치기도 한다. 그럴 정도로 분명하게 있으면서 어디에도 없는 것이 민족이다."

"그런 게 어디 '민족'만인가요?"

"좋은 질문이다."

"'선생님'도 마찬가지 아닙니까?"

"'너'는 어떠냐?"

"모든 것이 약속이요 개념입니까? 제 손에 들려 있는 이 볼펜도 그렇습니까?"

"그렇다."

"그러면 도대체 '있는 것' 은 무엇입니까?"

"언제까지 있다, 없다로 세월을 노닥거릴 참이냐? 2002년 월드컵이 너에게 준 교훈은 무엇이냐?"

"사람들이 마음을 모으면 안 될 일이 없겠다는 생각이 들었습니다."

"그렇다. 사람들이 마음을 모으면 저 앞산이 바다에 빠질 수도 있다."

"사람들이 승부에 좌우되는 바가 크구나, 하는 생각도 들었습니다."

"어려서부터 경쟁을 바탕삼아 자라고 배웠으니 그럴 만하지 않느냐?"

"한국이 첫 경기에서 졌거나 16강에 들지 못했다면, 붉은 악마의 열기도 없었을 것입니다."

"그랬겠지."

"어떻게 하면 승부에 좌우되지 않을 수 있을까요?"

"승부에 집착하지 않으면 된다."

"어떻게 하면 승부에 대한 집착에서 벗어날 수 있을까요?"

"승부에 집착했다가 된통 쓴맛을 보면 된다."

"그러지 않고서는 집착에서 벗어날 수 없습니까?"

"없다."

"어째서 그렇습니까?"

"세상에는 승부에 집착하는 사람과 승부에 집착하지 않는 사람, 이렇게 두 종류 사람이 있을 뿐이다. 승부에 집착하는 사람은 승부에 집착했다가 쓴맛을 보고 승부에 대한 집착에서 벗어날 수 있겠거니와, 승부에 집착하지 않는 사람이 어떻게 승부에 대한 집착에서 벗어날 수 있겠느냐? 그러니 승부에 대한 집착에서 벗어나는 길은, 승부에 집착했다가 쓴맛을 보는 수밖에 다른 길이 없는 것이다."

"그런데, 집착을 하면, 그것이 무엇에 대한 집착이든 결국 쓴맛을 보게 돼 있지 않습니까?"

"왜 아니냐? 어김없이 그렇다."

"그런데도 왜 사람들은 자꾸만 모든 것에 집착을 하는 걸까요?"

"말하지 않았느냐? 쓴맛을 보지 않았기 때문이다. 어떤 사람이 쓸개즙을 마시고도 그 맛이 쓴 줄을 모른다면 그 사람은 아직 쓴맛을 본 게 아니다. 세상에는 그런 사람들이 많이 있다. 그들은 집착이 가져다주는 고통과 허무에 그냥 괴로워

할 뿐, 그 '맛'을 보려고 하지 않는다. 그래서 끝없이 집착의 대상을 바꿔가며, 인생은 고해苦海라고 말한다."

"어떻게 하면 쓴맛을 쓴맛으로 볼 수 있을까요?"

"지금 너는 무엇을 하고 있느냐?"

"식탁에 앉아서 이 글을 적고 있습니다."

"됐다. 지금 너는 네가 무엇을 하고 있는지 알고 있다. 그렇게 쓴맛을 보면서 자기가 지금 쓴맛을 보고 있는 줄 알면 된다."

"선생님, 저는 사람에 대한 집착이 얼마나 고약한 것인지를 겪어보았습니다. 그런데도 여전히 사람에 집착하고 있으니 아직도 쓴맛을 보지 못한 것일까요?"

"누구에게 집착하고 있느냐?"

"그야, 저 자신이지요. 못지 않게 제 아내나 딸들한테도 그러고 있습니다."

"아직 갈 길이 많이 남았다는 표시다. 걱정할 것 없다. 집착이 되거든 집착을 해라."

"그러나 그랬다가 맛보게 될 쓴맛이 싫습니다."

"별 걱정 다 하는구나? 내일 일은 내일에 맡기라고 하잖았느냐?"

“알겠습니다.”

“모든 집착에서 벗어나고 싶다는 네 생각에도 집착하지 말고, 집착은 나쁘다는 관념에도 집착하지 말아라. 집착은, 그 대상이 무엇이든 고약한 물건이다.”

“선생님께도 집착하면 안 됩니까?”

“안 된다고는 말하지 않겠다. 사람에게 ‘해서 안 되는 일’은 없는 것이다. 나한테 집착해도 된다. 할 수도 있다. 그러나, 그랬다가 맛보게 될 쓴맛은 각오해야 할 것이다.”

“2002년 월드컵이 저에게 주는 교훈이 참 많군요.”

“무궁무진일 게다.”

“고맙습니다.”

착각

　　"오늘 신문에 보도된 현실과 제 꿈에 일어난 가현실假現實의 차이는 무엇입니까?"

　　"하나는 네 몸 밖에서 일어났다는 착각을 주고 다른 하나는 안에서 일어났다는 착각을 주는 것일 뿐, 네가 말한 현실과 가현실에는 차이가 없다."

　　"그렇다면 현실과 가현실이 모두 제 착각입니까?"

　　"현실이 네 몸 밖에서 일어났다고 생각하고, 가현실이 네 몸 안에서 일어났다고 생각하는 그것이 곧 너의 착각이다."

　　"그렇다면 무엇이 제대로 아는 것입니까?"

　　"네가 말한 현실과 가현실이 모두 일어난 바 없이 일어난 것임을 아는 것이다."

"어떻게, 일어난 바 없이 일어날 수 있습니까?"

"무엇이 일어났음을 네가 알기 전에는 그것은 일어난 바 없는 것이다. 너는 이 세상이 존재하기 전에 무슨 일이 일어났는지를 아느냐?"

"모릅니다."

"그래서 너에게는 이 세상이 존재하기 전에 아무 일도 일어난 바 없는 것이다. 너는 이 세상이 존재하기를 그친 뒤에 무슨 일이 일어날지를 아느냐?"

"모릅니다."

"그래서 너에게는 이 세상이 존재하기를 그친 뒤에 일어날 아무 일도 없는 것이다."

"그러면 저는 왜 그런 착각을 계속 지니고 살아야 합니까?"

"네가 안팎으로 나뉘는 '몸'을 지니고 있다는 착각에서 벗어날 때까지는 그와 같은 착각의 보호를 받아야 한다. 새가 알에서 나올 때까지 알껍질의 보호를 받듯이."

"저는 언제쯤 안팎으로 나뉘는 저의 '몸'이 있다는 착각에서 벗어날 수 있습니까?"

"그것은 나도 모르고 너도 모른다. 기다려라. 내가 너를 품고 있으니 남은 것은 시간 문제다."

지저귀는 것들이 새들인가?

"새들이 그만 자고 일어나라고 떠들어대는 바람에 일어났습니다."

"그건 네 생각이요 느낌일 뿐이다. 새들이 너를 위해서 무엇을 한다고는 생각하지 말아라."

"왜 그렇게 생각하지 말라고 하시는 겁니까?"

"사실이 그렇지 않기 때문이다. 새들은 새들이라서 새들답게 살아갈 따름이다. 현실을 있는 그대로 받아들이려면, 현실을 자기 중심으로 해석하는 버릇을 버려야 한다."

"현실을 있는 그대로 받아들인다는 게 가능한 일입니까?"

"무심無心으로 사는 사람에게는 가능한 일이다."

"사람이 무심으로 산다는 게 가능한 일입니까?"

"가능하다. 그렇지 않다면 내가 '마음이 깨끗한 사람은 복이 있으니 저가 하느님을 뵐 것이다' 라고 말하지 않았을 것이다."

"그 일이 제게도 가능할까요?"

"너는 사람 아니냐?"

"현실을 자기 중심으로 해석하는 버릇을 어떻게 하면 버릴 수 있습니까?"

"자기가 그러고 있는 줄을 알면 된다. 드러난 뿌리는 마르게 되어 있다."

"좋은 버릇으로 나쁜 버릇을 대체하라고들 하던데요?"

"그럴싸한 말이지만 위험한 말이다. 좋은 버릇, 나쁜 버릇이 어디 따로 있는 것처럼 착각하게 만들기 때문이다. 실제로 그런 것은 없다. 버릇은 버릇일 따름이다. 내가 버릇으로 너를 사랑한다고 보느냐? 버릇으로 너를 가르친다고 생각하느냐? 아니다. 버릇이란, 좋은 버릇이든 나쁜 버릇이든 지나간 것들의 뭉치일 뿐이다. 내 사랑은 언제나 새롭고 내 가르침은 늘 신선하다. 버릇으로 하는 것들이 아니기 때문이다. 좋은 버릇을 들이려 하지 말고 현실에 깨어 있되 무심으로 깨어 있기를 연습하여라. 내 일찍이 응무소주이생기심^{應無所}

住而生其心이라, 마땅히 어디에도 머물지 말고 마음을 내라고 하지 않았느냐?"

"그러니까 현실을 좋게 해석하려고 애쓰지 말아야겠군요?"

"그런 노력을 해야 할 때가 있고 그럴 사람이 있다. 지금의 너는 아니다. 모든 것을 좋게만 보는 버릇만큼 고약한 버릇도 없다."

"알겠습니다."

"소리가 들리거든 그냥 들어라. 모양이 보이거든 그냥 보아라. 소리는 소리요, 모양은 모양일 뿐이다."

"아침 새들이 지저귀는 소리가 제 귀에는 '어서 일어나라'고 떠들어대는 소리로 들렸습니다. 그렇게 듣지 않고 그냥 새소리로 들으려면 어떻게 해야 합니까?"

"네가 새소리를 그렇게 해석하여 듣고 있음을 알아차려라. 그런 다음, 해석은 해석일 따름임을 알아차려라. 네가 할 일은 다만 진실 아닌 것을 너한테서 걸어내는 것이다. 백운단처유청산白雲斷處有青山이라, 흰 구름 끊긴 곳에 푸른 산이 드러난다고 하지 않았느냐?"

"오늘 하루도 저한테서 생각의 거짓, 말의 거짓, 행동의 거짓이 드러나 마른 허물처럼 벗겨졌으면 합니다."

"나 또한 바라는 바다."

"새들이 계속 지저귀는군요."

"지저귀는 것들이 새들이냐?"

"……?"

"대답을 하려고 궁리하지 말아라. 어차피 정답 없는 곳이 네가 살고 있는 상대계相對界다. 대답이 아니라 물음이 너를 이끌어 진리로 나아가게 한다. 저 지저귀는 것들이 과연 새들이냐?"

농과 공

"농農과 공工의 차이란 무엇입니까?"

"농農은 쌀로 떡을 만들고, 공工은 돌로 떡을 만든다."

눈 밝은 것과 감사하는 것

"'모든 일에 감사하라'고 했는데요, 그게 과연 가능한 일
일까요?"

"가능한 일이 아니라면, 그렇게 하라고 말한 사람이 잘못
이지."

"'모든 일에 감사하라'고 말한 사람이 잘못이든지, 아니면
모든 일에 감사할 수 있든지, 둘 가운데 하나라는 말씀이군
요?"

"너는 어느 쪽이냐?"

"그렇게 말씀하신 바울로 성인이 잘못하신 것이라고는 보
지 않습니다."

"그렇다면 '그게 과연 가능한 일일까요?'라는 네 질문은

괜한 질문이다. 안 그러냐?"

"말씀인즉슨 옳습니다만……"

"'말씀'이 옳으면 옳은 것이다. 거기 무슨 단서가 붙는단 말이냐?"

"그렇지만 말씀입니다, 감사라는 게 그게 속에서 저절로 나와야지, 억지로 만들어서 할 수는 없는 것 아닙니까?"

"물론이다. 나는 모든 일에 감사하라고 했지 억지로 만들어서 감사하라고는 하지 않았다."

"그 말씀이 바울로 성인의 말씀인 줄 알고 있는데요?"

"그 사람이 한 말은 곧 내가 한 말이다. 참말은 주인이 따로 없다."

"그렇군요. 아무튼, 절로 우러나는 게 그게 감사일 터인데, 그게 안 될 때가 많단 말씀입니다."

"그렇게 안 되니까 그렇게 하라고 한 것이다. 잘 하고 있는 사람한테 그런 말을 할 필요가 있겠느냐?"

"그렇다면 무엇이 문제일까요? 왜 저는 모든 일에 감사하면서 살지 못하는 걸까요?"

"눈 때문이다. 네 눈이 밝지 못해서 그렇다."

"눈 밝은 것과 감사하는 것이 무슨 상관입니까?"

"눈이 밝으면 온몸이 밝다고 내가 말하지 않았느냐?"

"그러셨지요."

"눈 밝은 사람은 자기에게 일어나는 모든 일이 얼마나 고마운 일인지, 그 실체를 환하게 본다. 고마운 일을 겪는 자가 어찌 고마워하지 않을 수 있겠느냐?"

"그에게 무슨 일이 일어나도 그게 다 '고마운 일'이라는 말씀입니까?"

"그렇다. 그것은 눈이 흐린 사람이나 눈이 먼 사람에게도 마찬가지다. 누구에게나 '고마운 일' 말고는 일어나는 일이 없다. 그 까닭은 우리 아버지께서 '사랑'이시기 때문이다."

"모든 사람에게 일어나는 모든 일이 그게 다 '고마운 일'인데, 눈 밝은 사람만 그것을 안다는 말씀입니까?"

"그렇다."

"예를 들어서요, 어제 낮 제 아내가 콩국수를 만드느라고 땀을 흘리고 있을 때 말입니다, 그 모습을 보다가 '내가 할게' 하고 말하려는 순간 아내가 이렇게 말했지요. '눈치가 있으면 절에 가서 젓국을 얻어먹는다는데, 부채질 좀 해주면 안 돼요? 어쩌면 저렇게 모를까? 자기가 알아서 부채질하는 것하고 내가 해달라고 해서 하는 것하고 다르잖아?' 이 말을 들었을 때 저는 너무나도 민망스러워 얼른 부채질을 해주었지만, 속으로는 '내가 대신 해주려고 했는데 그것도 모르고' 하는 마음으로 조금 언짢았습니다. 동시에 그토록 '눈치' 가 없는 저 자신이 원망스럽기도 했고요. 자, 그럴 때에도 제 눈만 밝으면 그 모든 상황이 고마운 것으로 된단 말씀입니까?"

"고마운 상황으로 되는 게 아니라, 시방 고마운 상황이 벌어지고 있는 줄을 아는 것이다."

"그게 어째서 고마운 상황입니까?"

"그게 어째서 고마운 상황이 아니냐?"

"제가 눈치도 없다고 핀잔을 먹었는데요?"

"핀잔 주는 마누라가 곁에 있다는 게 얼마나 고마운 일인지를 모른단 말이냐?"

"……"

"하나하나 따져보자. 첫째, 그 무더운 날, 네 아내가 너를 위해서 네가 좋아하는 콩국수를 만들고 있다. 얼마나 고마운 일이냐? 둘째, 네가 건강한 몸으로 맛있는 콩국수를 먹을 수 있다. 얼마나 고마운 일이냐? 셋째, 네 아내가 너에게 핀잔을 주었다. 허물없는 사이가 아니라면 그런 일이 있을 수 있겠느냐? 네 아내가 너를 그만큼 믿고 만만하게 보지 않았다면 그럴 수 있었겠느냐?”

“아내가 남편을 만만하게 보는 것도 고마운 일입니까?”

“그럼, 서먹서먹하고 어렵게 보는 것이 고마운 일이냐? 나도 네가 나를 만만하게 대할 수 있는 그런 날이 오기를 기다리고 있다. 넷째, 네가 아내한테 핀잔을 먹고도 화를 내거나 자리를 뜨는 대신 말없이 부채질을 해주었다. 그것도 고마운 일 아니냐? 다섯째, 잘 익은 콩이 있어서 그것으로 먹을 것을 만들고 있다. 어찌 고마운 일 아니냐? 여섯째……”

“그만하셔도 되겠습니다. 알겠어요. 그건 그렇습니다만……”

“그렇습니다만?”

“지금도 수많은 폭력 아래 억울한 일들이 함부로 저질러지는 세상입니다.”

“그건 그렇다, 그렇게 보면.”

“그런데도 그게 다 ‘고마운 일’이란 말씀입니까?”

“아무리 값진 보물이라도 그것이 보물인 줄 모르는 사람한테는 보물이 아니다. ‘고마운 일’도 마찬가지다. 그것을 알아볼 눈이 뜨이지 않은 사람에게는 고마운 일이 고마운 일로 보이지 않는다. 오히려 억울하고 분하고 원통한 일로 보일 것이다. 그러나 그런 사람도 현상現象을 꿰뚫어 진상眞相을 보는 눈을 뜨기만 하면 분하고 원통하게만 보이던 것들이 감사의 대상으로 바뀐다. 며칠 전 책에서 읽지 않았느냐? 어린 나이에 그토록 엄청난 학대를 받으며 자란 주인공(Dave Pelzer)이, 자기를 이름 대신 '그것it' 이라고 부르며 방에서 내쫓아 추운 겨울에도 차고에서 살게 한 알코올 중독자 생모에게 '감사하다' 고 말하고 있지 않더냐?"

"그렇지만 그것은 나중에 어른이 되어서 한 말 아닙니까?"

"그렇다. 그가 실상實相을 보는 눈이 떠졌을 때 한 말이다. '모든 일에 감사한다' 는 것은, 그것은 도덕도 아니고 예절도 아니고 의무는 더욱 아니다. 그것은 '행위' 의 문제가 아니라 '깨달음' 의 문제다. 입으로 하는 게 아니라 눈으로 하는 것이다. '모든 일에 감사하라' 는 말은, 억지로 감사할 조건을 생각해 내어 감사하라는 게 아니다. 그 말은 '모든 일에 깨어 있어 거죽의 현상에 머물지 말고 속의 진상을 꿰뚫어보라' 는 말과 같다. 그렇게만 되면, 누가 시키지 않아도, 아니 누가 못하게 말려도 모든 일에 감사하지 않을 수 없을 것이다."

"여기서도 역시 '깨달음' 이군요?"

"그렇다."

“어떻게 하면 그 '깨달음'을 얻을 수 있습니까?”

“이미 너에게 있는 것을 누구한테서 얻는단 말이냐? 됐다. 오늘은 그만 물어라. 걱정 말고, 어제 하던 일 계속 하거라. 아직 다 마치지 못했잖느냐?”

폭력

"9·11 테러 일 주년이 되었습니다. 선생님, 폭력이란 무엇입니까? 어떻게 해서 생겨나는 것이 폭력이며 우리가 그것에 대하여 마땅히 취해야 할 태도는 무엇입니까?"

"'폭력'이 따로 있다고 생각하느냐?"

"……?"

"만물이 서로 안에 들어 있듯이 폭력 또한 그런 이름으로 불리는 힘이 따로 존재하는 게 아니다. '저것이 폭력이다' 또는 '이것은 폭력이 아니다'라는 말에 속지 말아라."

"그러나 폭력이 없는 건 아니잖습니까? 제가 보기에는 9·11 테러를 자행한 집단이나 테러와 전쟁을 선포한 집단이나 모두 폭력을 쓰고 있는 것 같은데요."

“잘 보았다. 양쪽 모두 폭력 집단이다.”

“‘폭력’이 상대적인 개념이라는 말씀은 알아듣겠습니다만, 그래도 좀더 명확하게 설명해 주십시오. 무엇이 폭력입니까?”

“네가 살고 있는 이 세상에는 두 가지 힘이 있다. 하나는 우리 아버지 하느님께서 쓰시는 힘이고 다른 하나는 사람들이 쓰는 힘이다. 사람이, 하느님 뜻을 등지고서, 제 뜻을 이루고자 부리는 힘이 폭력이다.”

“데이빗 호킨스가 말하는 내면의 힘power과 외부의 힘force이 그것을 가리킨다고 할 수 있을까요?”

“그렇다. 그가 증언했듯이 외부의 힘은 결코 내면의 힘을 이길 수 없다. 네가 수염을 길러봐서 알지 않느냐? 면도하는 힘은 자라나는 수염의 힘을 이기지 못한다. 어둠이 빛을 이겨본 적이 있겠느냐? 폭력은 비폭력의 적수가 되지 못한다.”

“사람이 쓰는 힘과 하느님께서 쓰시는 힘이 왜, 어떻게 다릅니까?”

“사람이 쓰는 힘이라 해서 모두가 하느님이 쓰시는 힘과 다른 것은 아니다. 다만, 사람의 힘이 폭력으로 바뀔 경우 하느님의 힘과 달라지는 것이다.”

"왜 사람의 힘이 폭력으로 바뀝니까?"

"사람이 억지를 부리기 때문이다. 하느님은 결코 억지를 부리시지 않는다."

"무슨 말씀이신지요?"

"꽃이 억지로 피어나는 것을 보았느냐? 구름이 억지로 흘러가는 것을 보았느냐? 물이 억지로 얼어붙은 것을 보았느냐? 얼음이 억지로 녹는 것을 보았느냐? 그런 일은 없다. 그것들한테서 인간의 힘이 조금도 작용하지 않기 때문이다."

"사람들만 억지를 부린다는 말씀이군요?"

"그렇다."

"사람들이 왜 억지를 부릴까요?"

"저마다 제 뜻을 따로 지니고 있기 때문이다."

"하느님께도 당신 뜻이 있지 않나요?"

"있다."

"사람에게 '뜻'이 없다면 사람이 아니잖습니까?"

"그렇다. 사람은 하느님을 닮아서 저마다 제 뜻을 지니고 있다."

"그런데 어째서 하느님은 폭력을 쓰지 않고 사람만이 폭력을 쓰는 걸까요?"

156

"하느님은 당신 뜻을 아무에게도 강요하지 않고 사람은 제 뜻을 저에게나 남에게나 강요한다."

"사람이 자기 뜻을 강요하는 까닭이 무엇입니까?"

"그렇게 해서 자기를 지킬 수 있다는 삼중 착각에 빠져 있기 때문이다."

"삼중 착각이라고요?"

"첫 번째 착각은 자신의 '나'가 따로 있다는 착각이요, 두 번째 착각은 '내 것'이 따로 있다는 착각이요, 세 번째 착각은 그것들을 '남'한테서 지킬 수 있다는 착각이다."

"결국, 에고이즘이 폭력의 씨앗이라는 말씀입니까? 에고이즘을 낳는 착각 또는 미망에서 벗어나지 않는 한, 사람이 폭력을 쓰지 않을 수 없다는 말씀인가요?"

"그렇다."

"결국 저는 죽는 순간까지 폭력 속에서 폭력을 행사하며 살 수밖에 없는 겁니까?"

"앞말은 옳고 뒷말은 글렀다. 죽는 순간까지 폭력 속에서 살 것이라는 말은 옳지만 그 속에서 폭력을 행사하며 살 수밖에 없다는 말은 옳지 않다."

"……?"

"누구든지 제 뜻을 저나 남에게나 강요하지 않고 살아간다
면 그 사람은 폭력을 행사하지 않는 사람이다."

"제가 그럴 수 있다는 말씀입니까?"

"너뿐 아니라 모든 인간이 그럴 수 있다. 사람은 폭력을 부
릴 수도 있고 부리지 않을 수도 있는 존재다."

"문제는 어느 쪽을 선택하느냐에 있군요."

"선택은 의지의 열매다. 문제는 사람이 제 인생으로 무엇
을 이루고자 하느냐에 달려 있는 것이다."

"저는, 선생님처럼, 제 뜻이 아니라 아버지의 뜻이 제 몸에
서 이루어지기를 바라고 있습니다."

"알고 있다. 다만 그 바람이 더욱 간절했으면 좋겠구나. 순
간마다 네가 무엇을 바라고 있는지, 무엇을 뜻하고 있는지,
깨어서 유념토록 해라. 너 자신에게나 남에게나 누구에게도
네 뜻을 이루고자 억지를 부리지 말아라. 그것이 네 몸에서
아버지의 뜻이 이루어지도록 하는 비결이다."

"눈앞에 벌어지고 있는 폭력에 대해 무엇을 어떻게 해야
합니까?"

"네가 옮긴 틱낫한의 시 한 구절이 근사하더구나."

"기억합니다. 이런 구절이었지요.

그토록 많은 함정과 위험이

우리 앞에 놓여 있는데

당신은 조금도 겁내지 않고

뒤로 물러서는 법이 없었어요.

당신은 폭력을, 그것이 거기 없다는 듯

조용히 바라보았습니다."

"폭력을, 그것이 거기 없다는 듯 조용하게 바라보며, 그 한복판으로 흔들림 없이, 두려움 없이 걸어가거라. 그것이 아버지의 길을 걷는 사람의 마땅한 태도다. 아무리 어두운 밤이라도 그 밤의 어둠 때문에 굴절되는 빛은 없다."

"방금 아버지의 길을 걸으라고 하셨는데요, 무엇이 아버지의 길입니까?"

"사랑에서 나와 사랑으로 돌아가는 사랑의 길이다. 다른 길은 없다. 오직 사랑만이 실재한다."

돋보기

"서울 갔다가 안경점에 들러 돋보기를 새로 맞추었습니다."

"그래서?"

"글씨가 깨끗하게 보이고 눈이 덜 고단합니다."

"그렇겠지."

"그런데요……"

"그런데?"

"그만큼 제 눈은 더 나빠졌습니다."

"무슨 말이냐?"

"도수가 더 높은 안경을 쓰게 됐으니 그만큼 나빠진 것 아닙니까?"

"눈이 '나빠졌다' 고 말하지 말고 '달라졌다' 고 말해라. 달라질 수는 있지만 나빠질 수는 없는 것이 눈이다.”

　“어째서 그렇습니까?”

　“세월과 함께 비바람에 닳아진 바위를 보고, ‘바위가 나빠
졌다’ 고 말할 수 있느냐?”

돈을 사랑하는 것

"선생님, 바울로 사도가 말하기를, 돈을 사랑하는 것이 일만 가지 악의 뿌리라고 했는데 어째서 그렇습니까? 사랑은 그 대상이 무엇이든 좋은 것 아닙니까?"

"전쟁을 사랑하는 것도 사랑이니까 좋다고 하겠느냐? 탐욕을 사랑하는 것도 사랑이니까 좋은 것이냐?"

"……"

"사랑이란, 무엇에 대한 사랑이지, 사랑 그 자체로서 존립하는 것이 아니다. 그런 것이 있다면 그것은 사랑이 아니라 사랑이라는 관념일 뿐이다."

"그러니까 '하느님은 사랑이시다' 라는 말에, 하느님은 관계 속에 계신다는 뜻이 들어 있다고 하겠군요?"

"잘 보았다. 하느님은 관계 속에 계시고 관계 위에 계시고 관계를 통해 계신다."

"돈을 사랑하는 것이 어째서 모든 악의 뿌리가 되는 겁니까? 돈을 사랑하는 것이 전쟁이나 탐욕을 사랑하는 것과 같다고는 할 수 없잖습니까?"

"돈은 하느님께서 만드신 것이 아니라 사람들이 만든 것이다. 하느님께서 만드신 것이라면 염소나 너구리도 돈을 지니고 살아야 할 것이다. 사람이 저를 지으신 하느님을 등지고 제가 만들어낸 것을 사랑할 때, 거기서 일만 가지 악이 생겨난다."

"돈을 사랑한다고 해서 반드시 하느님을 등져야 한다는 법은 없잖습니까? 세상에는 많은 돈을 쓰면서도 하느님을 잘 섬기는 사람으로 추앙받는 이들이 있는데요."

"한 사람이 두 주인을 섬길 수 없다고 내가 말하지 않았느냐? 돈을 사랑하면서 아울러 하느님을 사랑할 수는 없는 일이다. 그래서는 안 되는 게 아니라 그럴 수가 없는 것이다. 물론, 큰돈을 쓰면서 하느님을 사랑하는 사람들은 네 말대로 많이 있다. 그러나 그들은 돈으로 하여금 자기를 통해서 흐르게 할 뿐 그것을 사랑하지는 않는다. 그것도 분간되지 않느냐?"

"알아듣겠습니다."

"무엇을 사랑한다는 것은 그것에 자기를 온전히 내어준다는 말이다. 네가 무엇을 뜻하면, 하느님은 네가 뜻을 세우는 바로 그 순간 무조건 네 뜻에 동조하신다. 너를 사랑하시기 때문이다. 내 비유에 등장하는 두 아들의 아버지는 자기를 등지고 떠나려는 둘째아들을 만류는커녕 한 마디 이의도 달지 않고 질문도 없이 떠나보내지 않느냐? 그것이 사랑이다. 네가 만일 돈을 사랑한다면 그것에 너 자신을 모두 내어주고 남은 게 없다는 말인데, 무엇을 가지고 하느님을 사랑한다는 말이냐?"

"그렇군요. 그런데 그것이 어째서 일만 악의 뿌리가 되는 겁니까?"

"피조물이 조물주를 등지고 제가 만든 것을 사랑하는 것은, 나무가 뿌리를 허공에 드러내고 가지를 땅에 묻는 것과 같다. 그래가지고야 어찌 나무로 살아갈 수 있겠느냐? 사람을 사람답게 살 수 없도록 하는 것이 곧 일만 가지 악이다."

"제 말씀은, 왜 하필 '돈'을 사랑하는 것이 모든 악의 뿌리가 되느냐는 그런 말씀입니다."

“네가 ‘돈’이라는 말로 뜻하는 바가 무엇이냐?”

“돈이면 그냥 돈이지, 돈이라는 말로 뜻하는 바가 따로 있습니까?”

“사람 입에서 발음되어 나오는 것은 ‘소리’ 아니면 ‘말’이 있을 뿐이다. 네가 ‘돈’이라고 할 때 그것이 ‘소리’는 아니잖느냐? 그렇다면 ‘말’이겠는데 모든 말은 그것으로 뜻하는 바 또는 가리키는 바가 있게 마련이다. 그런 것이 없으면 말이 아니다. 이 정도 상식을 새삼 설명해야 하느냐?”

“죄송합니다.”

“네가 ‘돈’이라는 말로 뜻하는 바가 무엇이냐?”

“수단입니다.”

“좋다. 수단이란 사람이 살아가는 데 없어서 안 되는 것이지만, 그것을 목적으로 삼아서는 안 된다. 뗏목은 강 건너 언덕이 아니다. 서울 사는 사람이 서울 가는 길을 목적지로 삼으면 영원히 서울에 이르지 못할 것이다.”

“그러니까, 돈을 사랑한다는 말은 수단을 목적으로 삼는다는 말과 같은 뜻이 되는군요?”

“네가 ‘돈’이라는 말로 ‘수단’을 뜻한다면, 그렇다.”

“선생님께서는 ‘돈’이라는 말로 무엇을 뜻하십니까?”

“사람이 저를 위해서 제 손으로 만든 모든 것이다.”

“그러면, 돈을 사랑하는 것은 결국 제가 저를 위해서 만든 것에 저를 모두 내어주는 것이군요?”

“그렇다. 너는 언제나 눈길을, 네가 만든 것에서 너를 만드신 분에게로 돌려야 한다. 네가 만든 것에 너를 내어주지 말고 너를 지으신 분께 너를 맡겨라. 그것이 일만 가지 선善의 뿌리다.”

꿈속의 예고들

"꿈을 꾸었습니다. 제가 선생이랍시고 한 여학생을 데리고 어디를 가는데 비슷한 또래 남학생 하나가 여학생을 노리며 따라왔어요. 낌새가 여학생을 좋아하고 있는 눈치였습니다. 여학생이 겁을 먹고 저쪽으로 도망을 가자 남학생이 재빨리 저와 여학생 사이를 가로막으면서 여학생에게 접근하더니 주먹질과 발길질을 마구 해대어 결국 바닥에 쓰러뜨렸습니다. 그런 일이 눈앞에서 벌어지고 있는데도 저는 발이 땅에 붙어버린 듯 꼼짝 못하고 서서 '저런, 저런, 그러는 게 아니야!' 하고 안타까워하다가 꿈을 깼습니다. 꿈에 등장한 세 사람이 누구를 가리키는지, 누구의 어떤 모습을 보여주고 있는 것인지 잘 모르겠습니다."

"모두 네 '에고'들이다."

"그러리라 짐작했습니다. 제 속에, 누구를 가르친답시고 스스로 생각하는 저와 스승에게 배운답시고 따라다니다가 정작 위급한 일이 벌어지면 스승한테서 멀어지는 저와 그러는 저를 사랑한답시고 오히려 폭력을 휘두르는 제가 공존한다는 말씀입니까?"

"그렇다."

"선생님, 셋 모두 제 마음에 들지 않습니다."

"그들을 마음에 들어하지 않는 너도 네 '에고'다. 곰이 곰을 낳듯이 '에고'가 '에고'를 낳는다. 꿈으로 드러난 네 모습을 보면서 언짢아하고 있는 네가 바로 그것들의 어미란 말이다. 선생이면서 선생 노릇 제대로 못하고 학생이면서 학생 노릇 제대로 못하고 그러는 자신을 사랑한답시고 주먹질 발길질을 하고 있는 너를 네가 언짢게 여기기 때문에, 그것들이 아직 네 안에서 살고 있는 것이다."

"제가 그것들을 언짢게 여기지 않고 무시해 버리면 그것들이 사라질까요?"

"그것들을 무시하는 너 또한 같은 '에고'다. 그것들은 결코 사라지지 않을 것이다."

"그럼, 저는 어떻게 해야 합니까?"

"배척하지도 말고 무시하지도 말고, 거울이 사물을 비치듯이, 네 에고가 연출하는 모습을 있는 그대로 바라보되 움켜잡지도 말고 떠다밀지도 말아라. 네 근사한 모습과 초라하고 못난 모습을 함께 있는 그대로 안아주란 말이다. 그것이 '사랑'이다. 에고를 없애려 하지 말고 사랑해 주어라. 사랑만이 모든 문제를 푸는 참된 열쇠다."

"'에고'도 사랑을 할 수 있습니까?"

"할 수 없는데 하라고 했겠느냐? 그림자와 빛이 서로 안에 있고 아들과 아버지가 서로 안에 있듯이, 너와 하느님 아버지도 서로 안에 있음을 믿어라. 아버지가 네 안에 있다는 말은, 네가 사랑을 할 수 있다는 말이다. 사랑이란, 대상을 바꾸려 하지 않고 있는 그대로 받아들여서 마침내 그를 바꾸어 놓는 힘이다."

불에 타서 재가 된 새끼줄처럼

"오늘 산책길에서 이 마을 출신이라는 젊은이를 만났습니다."

"알고 있다."

"그와 나눈 대화를 생각나는 대로 적어보겠습니다. 다리를 건너 오르막길을 걸어가는데 길에 서 있던 자동차가 따라오더니 제 곁에 섰고, 운전석 젊은이가 말을 걸어왔지요."

"누구요?"

"예. 저 건너 빈집에 잠시 머물고 있는 사람입니다."

"글쎄, 누구냐고요?"

"예. 기독교 목사올시다."

"나 이 동네 출신인데, 이상한 짓 하지 마시오."

"예."

"난, 싫은데……"

"뭐가 싫습니까?"

"됐소. 사곡은 ……한(똑똑히 듣지 못했음) 동네니까, 괜히 나쁜 짓 하려고 하지 말라구요. 내가 그냥 두지 않을 거요."

"예. 염려 마십시오."

"어디 가는 거요?"

"예. 저기 희연이네 집에 갑니다."

"누구요?"

(조수석에 있던 사람이 '한씨' 라고 일러주자)"음, 그 털보? 그 젊은 사람 말이오?"

"예."

"타시오."

"예?"

"우리도 올라가는 길이니까 타란 말이오."

"다 왔으니 걸어가겠습니다."

"글쎄 타시오."

"걸어가겠어요."

"타라니까요?"

"예. 그럼 타겠습니다."

(차 안에서 얘기는 계속됐지요.)

"한씨 그 사람, 누구 땅 붙여먹는지 아시오?"

"모릅니다."

"그 사람, 대학 교수까지 했다면서?"

"예."

"수원에서 왔고."

"예."

"괜히 엉뚱한 짓 할 생각은 먹지 마시오."

"예."

"다 왔소."

"고맙습니다."

"대강 이런 말이 오갔는데, 제가 잘못 기억한 대목이 있습니까?"

"그만하면 됐다."

"선생님께서 그 사람을 제게 보내셨나요?"

"그렇다. 너에게 일어나는 모든 일이 나로 말미암고 나를 통해서 일어난다는 사실을 잊지 말아라."

"그 친구를 제가 잘 대했습니까?"

"겉으로는 크게 흠잡을 데 없다만, 네 속에 불쾌하고 당혹스러운 기색이 숨어 있었으니 만족할 만한 수준은 아니었다."

"그건 저도 동감입니다."

"순간순간 깨어 있는 게 얼마나 어려운 일인지 실감되느냐?"

"예. 아주 절실하게 느끼고 있습니다."

"그래, 그 친구를 만난 소감이 어떠하냐?"

"선생님께 드릴 말씀이 있습니다."

"말해 보아라."

"저는 앞으로 무슨 일이든, 될 수만 있으면 하지 않으려고 애쓰는 사람의 자세로 하겠습니다. 그러니까 아주 작은 장애나 반대에 부딪쳐도 그것을 물리치거나 극복하려고 절대로 힘을 쓰지 않겠습니다. 제 일을 방해하는 게 누구냐는 따지지 않겠습니다. 악마가 반대하든 천사가 반대하든, 어른이 방해하든 아이가 방해하든, 사람이 가로막든 상황이 가로막든, 아무튼 조금이라도 걸림돌이 생기면 그 일을 하지 않겠습니다."

"좋다. 억지로 안 하는 일도 없기다?"

"그야 물론이지요. 그러니까 아무리 선생님께서 시키신 일이라 해도 억지를 쓰거나 강제를 부리거나 하지 않겠습니다. 그러니 만일 저를 통해서 무슨 일을 하시려면, 제가 제 힘으로 그 일을 도와드릴 것으로는 기대하지 마십시오. 저는 불에 타서 재가 된 새끼줄처럼, 그렇게 일할 것입니다."

"그건 내가 너에게 바라는 바다. 제발 무슨 일에든 네 뜻을 앞세우거나 억지를 부리거나 끝장을 내려고 하지 말아라. 아무리 좋은 일이라도 저절로 되지 않거든 하지 말아라."

"고맙습니다."

"고마울 것 없다. 모두가 아버지 일이요 내 일이다."

"그건 그렇고요, 선생님께서 그 친구를 통해 저에게 주시려던 메시지는 무엇입니까?"

"그 친구가 말하지 않았느냐?"

"나쁜 짓 하지 말라구요?"

"이상한 짓도 하지 말라고 했다."

"'난, 싫은데' 하고 말씀하신 건 뭡니까? 무엇이 싫다는 말씀이셨습니까?"

"그건 내 말이 아니라 그의 말이었다."

"뭐가 싫다는 것이었을까요?"

"내가 너를 통해서 하는 일이 모든 사람에게 환영을 받으리라고는 생각하지 말아라. 그건 착각이다. 내가 세상에 있을 때에도 많은 사람이 나를 싫어했다."

"그렇군요."

"그러나 두려워 말아라. 내가 세상을 이겼다. 천하가 동원되어도 우리의 길을 가로막거나 어지럽히지는 못한다. 인자무적仁者無敵이라 하지 않았느냐?"

"알겠습니다."

자책도 자긍도

"선생님, 오늘도 잠시 방심하여 괜히 흥분했습니다. 그러지 않았더라면, 하는 아쉬움이 큽니다."

"반성하고 있는 거냐?"

"예."

"반성은 괜찮다만, 자책은 좋지 않다."

"그 시간에 깨어 있어서 그렇게 하지 않았더라면 하는 아쉬운 마음이 남아 있습니다."

"지나간 일이다. 놓아버려라. 지나치게 아쉬워하는 것도 자책의 일종이다. 네 말대로 그 시간에 깨어 있어서 근사하게 일을 처리했어도 결과는 마찬가지일 게다."

"예?"

"그래 봤자, 지금 네 실력으로는, 스스로 흐뭇하여 '오늘 내가 제법이었다' 고 그러고 있을 것 아니냐? 아쉬워하는 것이나 흐뭇해 하는 것이나 그게 그거다. 자책自責이든 자긍自肯이든 '지금 여기' 에 깨어 있는 사람의 자세가 아니다."

"그렇군요."

"지나간 것은 지나간 것이요, 아직 오지 않은 것은 아직 오지 않은 것이니, 둘 다 너에게는 '없는 것' 이다. 잡을 바도 못 되고 잡힐 바도 못 된다. 젖먹이 아이가 어떻게 현존하고 있는지 잘 보고 배워라."

"예, 선생님. 그런데 그게 왜 이렇게 안 될까요?"

"그게 쉬운 일이면 달마의 면벽십년面壁十年이 필요했겠느냐?"

"면벽십년이라고요? 아아, 선생님. 그렇다면 저는 제 생전에 그런 경지에 들 것을 꿈도 꾸지 말아야겠습니다."

"그런 경지에 들 것을 꿈꾸는 한 결코 그런 경지에 들 수 없다. '오지 않은 것' 에 대한 꿈(생각)이 너로 하여금 지금 여기를 떠나 있게 하기 때문이다. 달마의 면벽십년은 언제 어디서나 지금 여기로 돌아오는 연습의 세월이었다. 눈앞에 벌어지고 있는 모든 사건과 상황을 너의 벽으로 삼아라. 그렇게 십 년을 살면 그것이 너의 면벽십년 아니겠느냐?"

"사건과 상황을 벽으로 삼는다는 게 어떻게 하는 것입니까?"

"눈으로 보되 말려들지 않고, 손으로 만지되 붙잡히지 않는 것이다. 모든 것이 스쳐 지나가는 상像일 뿐이다."

"남는 것은 무엇입니까?"

"왜? 남는 게 꼭 있어야 하느냐?"

밥 먹을 때에는 밥을 먹어라

"꿈이었습니다. 무슨 기도 모임인 듯했는데 저도 여러 사람 틈에 앉아 있었어요. 공동 기도가 시작되었습니다. 저도 두 손을 모으고 기도를 하는데, 옆 사람이 무슨 책을 펴더니 거기 적혀 있는 문장을 가리키면서 말을 걸어왔습니다. 여기 기록에 보면, 천주교는 도둑이라고 되어 있는데 어째서 너는 그런 데를 가서 설교도 하고 미사도 하고 그러느냐는 것이었어요. 그러자 누군가 그에게 '지금 기도 시간인데 당신 뭘 하고 있는 거요?' 하고 물었지요. 여기저기에서 웃음소리, 빈정거리는 소리가 들려왔습니다. 저도 그에게 '아우구스틴이 도둑이고 아퀴나스가 도둑이고 마더 테레사가 도둑이란 말이오?' 하고 물었습니다. 그러는 동안에도 기도는 계속되었고 저는 두 손을 모으고 눈을 감고 있었지요. 그래도 제 말은 거기에서 그치지 않았어요.

'천주교는 도둑이라고 누가 쓴 거요?'

그가 대답했지요.

'마르틴 루터의 말이오.'

'루터의 말은 모두가 옳단 말이오? 누가, 미국은 전쟁을 좋아한다고 말하면 미국 사람들 모두가 전쟁을 좋아하는 거요? 당신은 사람의 말이라는 게 얼마나 제한되어 있고 엉터리없는 것인 줄 몰라요? 당신은 사람의 말을 신봉하는 사람이오?……'

그러다가 제 목소리에 놀라 꿈에서 깨어났습니다."

"내가 듣기에 그건 네 꿈이 아니라 현실이다."

"아닙니다. 분명 꿈이었어요."

"너는 기도 시간에 기도하는 시늉만 했지 기도는 하지 않았다. 만일 네가 참으로 기도를 했다면, 옆 사람이 아무리 말을 걸어왔더라도 그 말에 대꾸하지 않았을 것이다. 아니, 못했을 것이다. 하느님께서 사람에게 입을 하나만 주신 것은 한 때에 한 가지 말만 하라는 뜻이요, 귀를 두 개 주신 것은 이쪽 말도 듣고 저쪽 말도 들으라는 건데, 네가 진정으로 기

도를 했다면, 옆 사람 말을 듣기는 하되 적어도 기도 시간이
끝날 때까지는, 그에게 아무 말도 할 수 없었어야 한다. 하나
밖에 없는 입을 하느님께 바쳤거늘 어떤 입으로 그에게 대꾸
할 수 있었겠느냐? 네가 기도하는 시늉만 하고 엉뚱한 짓을
한 것에 견주면, 누가 뭐라고 말했느냐는 건 문제도 되지 않
는다. 할말 있느냐?”

“……”

“무엇을 하든, 지금 하고 있는 그 일에 착실하도록 해라.
네가 할 일은 그뿐이다. 기도할 때에는 기도를 하고 밥 먹을
때는 밥을 먹어라. 건성으로 먹지 말고 지극정성으로 먹어
라.”

3

사랑하지 말아라

"사람을 사랑한다는 것이 이토록 힘든 일인 줄 몰랐습니다. 밑 빠진 독에 물 붓기라는 생각이 듭니다."

"그 탓이 어디 있다고 보느냐?"

"그야, 있다면 저한테 있겠지요."

"옳은 말이다만, 정직한 대답은 아니구나."

"……"

"탓이 너한테 있다면서 '밑 빠진 독에 물 붓기' 라는 말은 무슨 말이냐? 네가 사랑하는 상대방이 밑 빠진 독 같아서 그래서 힘들다는 얘기 아니냐?"

"그렇군요."

"사람이 사람을 사랑하기가 어려운 까닭은 사랑받는 사람에게 있지 않고 사랑하는 사람에게 있다. 그래서 '탓'이 너한테 있다는 말을 옳다고 한 것이다."

"제가 무엇을 잘못한 것입니까?"

"잘못한 것 없다."

"그런데 왜 이토록 힘들지요?"

"너는 사람을 사랑하려고 했다. 그걸 잘못이라고 할 수 있겠느냐?"

"아니지요."

"그런데, 바로 그 때문에 사랑이 힘든 것이다."

"예?"

"사랑은 누가 누구에게 주거나 누가 누구한테서 받는, 그런 것이 아니다. 사랑은 사람들끼리 주고받는 무엇이 아니라 무엇을 주고받으며 살아 있게 하는 힘이다. 그런 사랑을 누구에게 주고 또 받으려 하니, 그것은 마치 사람이 땅을 어깨에 메고 다니려 하는 것처럼 처음부터 불가능한 일이거늘, 어찌 힘들지 않겠느냐? 하면 할수록 힘들 것이다."

"그럼 저는 이제 어떻게 해야 합니까?"

"하루아침에 사랑을 깨칠 수 있겠느냐? 조급하게 굴지 말아라. 지금 잘하고 있다."

“……”

“봄이 되면 땅이 새싹을 땅거죽 위로 밀어올리느냐?”

“그건 아니지요. 그렇지만 땅이 없으면 어찌 새싹이 돋겠습니까?”

“사랑이 그와 같다. 하지 않음으로써 하는 것이 사랑이다.”

“무슨 말씀인지 알아듣기는 하겠습니다만, 정말이지 어렵습니다.”

“지금 잘하고 있다지 않았느냐? 하늘이 모든 것을 덮는다는 말은 그 어느 것도 바꿔놓거나 젖혀두거나 하지 않는다는 말이다. 사랑은 하늘과 같다. 땅이 모든 것을 싣는다는 말은 그 어느 것도 싫어하거나 밀쳐버리지 않는다는 말이다. 사랑은 땅과 같다. 해와 달이 모든 것을 비춘다는 말은 그 어느 것도 등지거나 외면하지 않는다는 말이다. 사랑은 일월과 같다.”

“그렇지만, 분명히 잘못된 길을 가고 있는데도 그를 덮어주고 실어주고 감싸주어야 합니까?”

“전에 내가 들려준 ‘집 떠난 아들 이야기’ 를 기억하느냐? 둘째아들이 아비와 집을 떠날 때 아버지는 그의 가출을 있는 그대로 받아들였고, 아들이 집으로 돌아올 때 또한 그의 귀가를 있는 그대로 받아들였다. 사랑은 하는 게 아니라 함께 있는 것이다."

"선생님의 집 떠난 아들 이야기에서, 아버지는 아들을 따라가지 않았습니다."

"몸은 떠나 있었지만 마음은 늘 아들 곁에 있었다. 만약에 아버지가 억지로 아들을 집에 붙잡아두거나 아들을 따라서 도시로 갔다면, 그렇게 해서 아들을 자기 곁에 두거나 아들 곁에 있기를 고집했다면, 그것은 아들의 '출가'를 받아들이지 않은 것이요, 따라서 아들은 끝내 귀향의 기쁨을 맛보지 못했을 것이다."

"……"

"지금 누가 네 눈에 잘못된 길을 가고 있다면, 기억해 두거라. 그는 그렇게 '잘못된 길'을 갈 데까지 갔다가 다시 돌아올 것이다. 이 세상에는 아버지 품 아닌 데가 없어서, 어느 누구도 아버지 품으로 돌아오지 않을 방도가 없기 때문이다. 세상에서 사람들이 걷는 길은 짧게 보면 출가행出家行 또는 귀가행歸家行으로 두 길이 서로 반대 방향이지만, 그러나 길게 보면 출가는 귀가의 씨앗이요 귀가는 출가의 열매일 뿐이고 따라서 모든 길이 결국 귀로歸路인 것이다."

"……"

"누구를 사랑하려고 애쓰지 말아라. 그냥 그를 있는 그대로 받아들이고, 말없이, 소리 없이, 흔적도 없이, 아무 바라는 것도 없이 그와 함께 있어라. 거듭 말한다. 사랑은 하는 것이 아니다. 그냥 그 곁에 없는 듯 있는 것이다. 하늘이 땅을, 땅이 초목을, 일월이 만물을 대하듯이 그렇게, 아무 바라는 것 없이……"

"그런데 왜 선생님께서는 이웃을 사랑하라고 하셨습니까?"

"그냥 사랑하라고 하지 않았다. 네 몸 사랑하듯이 사랑하라고 했다. 네가 네 몸을 사랑하겠다는 마음을 먹고 사랑하느냐? 네 몸을 사랑하기 위해서 사랑하느냐?"

"……"

"네 몸 있는 곳에 늘 네가 있듯이, 네 몸에 일어나는 일을 있는 그대로 모두 받아들이듯이, 그렇게 네 이웃을 있는 그대로 받아들이고 열린 자세로 그 곁에 있어라. 참사랑은 사랑을 하지 않는다."

이윽고 때가 되면

"선생님께서 저를 통해, 제 속에서, 일하신다고 사람들에게 말했습니다."

"잘했다."

"그러면서도 마음 한 구석이 켕기는 것은 왜 그럴까요?"

"아직 불신의 찌꺼기가 남아 있기 때문이다."

"어떻게 하면 그것을 청소할 수 있을까요?"

"그것을 어떻게 하려고 하지 말고 계속해서 위로 올라가거라."

"무슨 말씀이신지요?"

"로켓 발사대에서 쏘아올린 인공위성이 대기권을 벗어나기까지 계속 올라가듯, 네가 따로 존재한다는 아상我相의 미망에서 벗어날 때까지 계속 올라가야 한다.”

“어떻게 하면 제가 계속 올라갈 수 있습니까?”

“네 몸과 마음이 땔감이요 네 의지가 불이다. 방향은 벌써 정해졌으니 두려워 말고 너에게 주어진 연료가 모두 타서 없어질 때까지 의지의 불을 꺼뜨리지 말아라.”

“제 생각이 아니라 선생님의 가르침을 좇아서 살겠다는 의지가 저에게 있음은 사실입니다. 그런데도 틈틈이 제 생각을 앞세워 그대로 좇고 있는 저를 보게 됩니다.”

“그러니까 그것들이 모두 타서 없어질 때까지 네 의지의 불을 끄지 말라는 얘기다.”

“어떻게 해야 제 의지의 불을 꺼뜨리지 않을 수 있을까요?”

“네 몸과 마음으로 짓는 모든 행위를, 스승의 가르침에 따라 살겠다는 네 의지 속에 던져넣어라. 땔감이 떨어지지 않으면 불은 꺼지지 않는다.”

“몸과 마음으로 짓는 행위를 제 의지 속에 던져넣으라는 말씀이 무엇을 어떻게 하라는 말씀인지 잘 모르겠습니다.”

“순간순간, 움직임을 멈추고, 네가 지금 무엇을 하고 있는지, 네가 지금 여기에서 원하고 있는 바가 무엇인지를 스스로 물어보아라. 그렇게 묻기를 자주 할수록 좋다."

"그것이 버릇처럼 되면 참 좋겠군요!"

"다시 이를 말이냐?"

"순간순간, 선생님께서 가르치시는 바를 알아차리고 싶습니다. 그리고 그에 따라서 움직이고 싶습니다."

"순간순간, 내가 너와 함께 있음을 알아차리고, 중요한 일이든 하찮은 일이든, 내게 묻기를 멈추지 말아라."

"그래야 하는 줄은 압니다만 자꾸 잊어버리고 제 마음대로 합니다."

"염려 말아라. 너는 지금 잘하고 있다. 나를 잊고 사는 시간이 짧아지면서 나를 느끼고 나와 함께하는 시간이 차츰 길어질 것이다. 그러다가 이윽고 때가 되면, 대기권을 벗어난 로켓처럼, 미망의 중력을 떨쳐버리고 어디에도 얽매이지 않는 자유와 자연의 우주 공간에서 밤하늘 별처럼 빛으로 흐를 것이다."

"선생님, 가슴이 벅차오릅니다. 오늘 얘기는 여기서 접을까요?"

"그러자. 날씨가 참 좋구나!"

용서받지 못할 죄

"선생님, 사람이 사람한테 저지른 잘못은 용서받을 수 있지만 성령님께 저지른 잘못은 영원히 용서받지 못한다고 하셨는데요, 무슨 뜻으로 하신 말씀입니까? 성령님께 저지른 잘못과 사람한테 저지른 잘못이 어떻게 다릅니까? 그 둘이 과연 구분될 수 있는 건가요?"

"사람이 사람한테 저지른 잘못은 곧 그의 아버지에게 저지른 잘못이요, 그의 아버지에게 저지른 잘못은 곧 그의 아버지의 아버지의…… 아버지이신 하느님께 저지른 잘못이니, 사람이 사람한테 저지른 잘못은 바로 성령님께 저지른 잘못이다."

"그런데 어째서 앞의 잘못은 용서받을 수 있는데 뒤의 잘못은 용서받을 수 없는 것입니까? 그것도 영원히요."

"용서란 용서받는 자와 용서하는 자가 마주 대할 때에 비로소 있을 수 있는 일이다. 그렇잖으냐?"

"그렇지요."

"사람이 사람한테 잘못을 저질렀을 경우에는, 그 잘못으로 상처를 입은 자가 있고 상처를 입힌 자가 있으니 용서할 자와 용서받을 자가 마주 대할 수 있지만, 사람이 성령께 잘못을 저질렀을 경우에는 용서받을 자는 있어도 용서할 자가 없다. 용서할 자가 없는데 어찌 용서받을 수 있겠느냐?"

"성령님이 계시잖습니까? 그분이 실존하지 않는 허상이나 관념이라는 뜻인가요?"

"아니다. 성령은 허상도 관념도 아니다. 네가 지금 입고 있는 몸보다 훨씬 더 분명하고 확실한 실존이시다."

"그런데 어째서 용서할 자가 없다고 하십니까?"

"네가 나를 아무리 욕해도 내가 그것을 '욕'으로 받아먹지 않으면 너는 나를 욕했으나 나는 너한테 욕을 먹지 않은 것이다. 그렇잖으냐?"

"……"

"성령님(하느님)은 사람들의 행위로 상처를 입거나 해를 당하는 그런 분이 아니시다. 사람이 물감으로 허공을 물들일 수 있느냐?"

"그럴 수는 없지요. 그러나, 그렇다면 왜 선생님께서는 하느님께 용서를 빌라고 가르치셨습니까?"

"내가 하느님께 용서를 빌라고 가르친 것은, 스스로 만든 사슬에 묶여 있는 자들을 거기에서 풀려나도록 도우려는 뜻이었다. 사람은 제 그림자에 붙잡혀 발걸음을 옮기지 못할 만큼 어리석은 존재다."

"……?"

"누가 너에게 무슨 짓을 했다고 치자. 너는 그의 행위를 너에게 저지른 '잘못' 으로 보지 않기 때문에 그를 용서할 것도 없고 용서할 수도 없다. 그러나 그는 너한테 '잘못' 을 저질렀다고 생각한다. 때문에, 너한테서 용서를 받지 못하면 괴로움 가운데 살아야 한다. 스스로 만든 사슬에 묶여 있는 것이다. 그럴 경우 너는, 네 생각이 아니라 그의 생각에 눈높이를 맞추어서 그를 용서한다고 말해야 하지 않겠느냐? 그때 그것은 '용서' 가 아니라 용서의 이름으로 베풀어지는 '사랑' 이다."

"그러니까, 성령께 저지른 잘못을 용서받지 못한다는 선생님 말씀은 그 잘못이 너무 커서 성령님이 용서를 하지 않으

신다는 뜻이 아니라 본디 '있지 않은 잘못' 이기에 용서받을
수 없다는, 그런 뜻입니까?"

"분명히 잘못을 저질렀거늘, 어찌 '있지 않은 잘못' 이라고
하겠느냐?"

"그러면 도대체 어떻게 하라는 말씀입니까? 제가 어떤 사
람한테 잘못을 했다면 그건 곧 하느님께 저지른 잘못인데요,
하느님께 용서를 빌어야 합니까? 말아야 합니까?"

"네가 사람에게 잘못을 저질렀다면 망설일 게 뭐 있느냐?
곧장 용서를 빌어라. 그렇게 함으로써 너는 그가 너를 용서
하든 않든 상관없이 하느님의 용서를 받는 것이다."

"아까, 하느님(성령님)께 지은 잘못은 용서받지 못한다고
하시잖았습니까?"

"언어의 덫에서 벗어나거라. 사람한테 저지르는 잘못이 따
로 있고 하느님께 저지르는 잘못이 따로 있다는 '생각' 에 갇
혀 있는 자들에게, 너라면 뭐라고 말해 주겠느냐?"

"……"

"누가 네게 잘못을 저질렀다고 생각되거든 그를 일곱 번씩
일흔 번이라도 용서하여라. 네가 누구에게 잘못을 저질렀다
고 생각되거든 그에게 일곱 번씩 일흔 번이라도 용서를 빌어

라. 그것이 네가 할 일이다."

"누가 저에게 무슨 짓을 했는데, 그는 저에게 잘못을 저질렀다고 생각하지만 저는 그가 제게 잘못을 저질렀다고 생각하지 않습니다. 그럴 때 저는 어떻게 해야 합니까?"

"아주 바람직한 경우를 예로 들었구나. 부디 그렇게 되기를 바란다. 그럴 경우 너는 기꺼이 '너를 용서한다' 고 그에게 말해야 한다."

"용서할 것이 없고 따라서 용서할 수도 없는데요?"

"네 생각에 상대를 맞추는 게 아니라 상대 생각에 너를 맞추는, 그것이 '사랑' 이다. 그를 용서하라는 말은 그를 사랑하라는 말이다."

"반대로, 누가 저에게 무슨 짓을 했는데, 그는 저에게 잘못을 저질렀다고 생각하지 않지만 저는 그가 제게 잘못을 저질렀다고 생각합니다. 그럴 때에는 어떻게 해야 합니까?"

"결코 바람직하지 못한 경우로구나. 부디 그런 일이 없기를 바란다. 그럴 경우에도 너는 기꺼이 '너를 용서한다' 고 말해야 한다. 다만, 네 속 생각으로만 그렇게 해라."

"거꾸로, 제가 누구에게 무슨 짓을 했는데, 저는 그에게 잘못을 저질렀다고 생각하지만 그는 그렇게 보지 않는다면, 그럴 때는 어떻게 해야 합니까? 그래도 용서를 빌어야 합니까?"

"인간 세상에서 보기 드문 경우를 예로 드는구나. 그가 그렇게 보지 않는다는 사실을 네가 분명히 안다면 용서를 빌어야 할 까닭이 없지 않느냐? 다만 감사할 일이다."

"……"

"사람한테 저지르는 잘못은 용서받을 수 있고 용서받아야 하지만, 하느님께 저지르는 잘못은 용서받지 못한다는 내 말에 걸려 넘어지지 말아라. 사람한테 저지르는 잘못이 따로 있고 하느님께 저지르는 잘못이 따로 있다는 '착각'에 빠져서, 마땅히 해야 할 일을 외면하고 할 필요가 없는 일을 강요하는 잘못된 율법주의 교사들에게 한 말이었다. 사람에게 저지른 잘못은 가볍고 하느님께 저지른 잘못은 무거워서, 그래서 앞의 것은 용서받을 수 있고 뒤의 것은 용서받을 수 없다고 생각한다면, 그것은 내 말의 뜻을 크게 오해한 것이다."

"선생님, 용서할 것도 없고 용서받을 것도 없는 그런 삶을 살 수는 없을까요?"

"왜 없겠느냐? 있다! 네가 만일 그런 삶을 살 수 없다면, 지금 너와 내가 나누고 있는 이런 말들이 다 무슨 헛소리 잠

꼬대란 말이냐? 내가 이렇게 자유로우니 너 또한 나처럼 자유롭게 된다. 다른 길이 없다. 흐르는 강물이 어찌 바다에 이르지 않을 수 있으랴? 의심치 말아라. 다만, 시간 문제일 뿐이다."

"예, 선생님!"

"누구, 네가 용서해 줄 사람이 있느냐?"

"생각나지 않습니다."

"보아라, 이미 너는 자유롭다."

어머니 작품

"오늘 아침, 이런 느낌을 적어보았습니다.

나에 대하여, 내 삶과 그것의
성취 아닌 성취에 대하여
좋다, 흡족하다,
이만하면 그런 대로
성공 인생이다.

그러다가 문득 부엌 싱크대 앞에서
벼락처럼 얻은 깨달음 하나.
내 삶이, 그것이 이룬

성취 아닌 성취가
있다면 모두 우리 어머니
작품이라는!”

“근사하다. 누가 네 ‘어머니’냐?”

“저만 빼고 모두입니다.”

“너를 포함한 모두다. 네가 네 어머니 품에 안겨 그분을 도
와드리지 않았다면 네 어머니가 어찌 너를 이룰 수 있었겠느
냐?”

“저는 그냥 제 욕심만 차리며 살았을 뿐입니다.”

“그게 너인데, 그러지 않고서 무슨 수로 나를 돕겠느냐?”

“선생님을 돕는다고요?”

“몰랐더냐? 내가 네 어머니 모습으로 너를 길렀다는 사실
을?”

“그렇다면, 선생님께서 지금 제 모습으로 선생님의 가르침
을 받고 있는 것이라고 말해도 됩니까?”

“노 코멘트!”

단소 탓이 아니라면

"선생님, 오늘 밤 녹색대학 입학 지원자들 앞에서 단소를 불었는데 소리가 잘 나지 않았습니다. 뭔가 소리를 틀어막고 있는 느낌이었어요. 돌아오면서 단소에게 왜 그랬느냐고 물어보았습니다만 아무 대답도 듣지 못했습니다."

"단소로서는 할말이 없었을 것이다."

"왜지요?"

"소리가 잘 나고 안 나는 데 단소가 하는 일이 아무것도 없기 때문이다. 네 말대로 단소는 언제나 죽은 듯이 그냥 그렇게 있을 뿐이다. 아무 한 짓이 없는 단소에게 왜 그랬느냐고 물었으니 뭐라고 답할 수 있었겠느냐?"

"그렇군요. 좋습니다. 단소 탓이 아니라면, 그럼 누구 탓일까요? 역시 제 탓이겠죠? 그 자리에서도 제가 아마추어라서 언제 어디서나 좋은 소리를 낼 만한 실력이 없다고 변명을 했습니다만."

"그건 프로들도 마찬가지다. 악기를 다루는 사람이라면 누구나 알고 있다. 한평생 연주 생활을 한 악사도 소리가 잘 나는 때와 그렇지 않은 때를 경험하면서 살고 있다."

"그러니, 오늘 밤 단소 소리가 잘 나지 않은 것은 제 탓도 아니군요?"

"네가 일부러 소리를 잘 내지 않으려고 무슨 수를 썼느냐?"

"아닙니다. 어떻게든지 잘 불어보려고 애를 썼지요."

"그러니 네 탓 또한 아닌 것이다."

"그러면 왜 소리가 잘 나지 않았을까요? 어째서 소리가 자꾸만 틀어막히는 것 같았습니까?"

"차가운 단소에 갑자기 더운 김을 불어넣으면 그럴 수 있다. 추운 날 밖에 있다가 방으로 들어가면 안경에 김이 서려서 앞이 보이지 않듯이, 단소에 서린 김이 소리를 방해하는 것이다."

"아하, 그랬던 것이군요!"

"그러니, 오늘 밤 단소 소리가 시원하게 나지 않은 데는 누구의, 무엇의 탓도 없는 것이다."

"아닙니다. 제 탓입니다. 제가 단소를 충분히 덥혀준 다음에 불었으면 그런 일이 없었을 테니까요."

"그건 그렇구나."

"……"

"그런데 자꾸만 막히는 듯하면서 가까스로 나는 소리가 어째서 '잘 나지 않는 소리'냐?"

"소리가 시원하게 나야 그게 잘 나는 소리 아닙니까?"

"시원하게 나는 소리는 시원하게 나는 소리다. 그게 왜 잘 나는 소리냐?"

"소리라면 막힘 없이 시원하게 나야지요."

"그건 어디까지나 네 고정 관념일 뿐이다. 막히는 듯하면서 가까스로 나는 단소 소리는 평소에 흔히 들을 수 없는, 그래서 오히려 절묘한 그런 소리다."

"……"

"대금 연주자들이 가끔 대금 소리에 거친 바람 소리를 섞지 않더냐? 그건 고수들이나 낼 수 있는 소리다. 물론 네가 오늘 밤 그와 같은 솜씨를 부렸다는 건 아니다만."

“……”

“기억해 두어라. 소리는 시원하게 나는 소리든, 구멍으로 기어들어가는 듯한 소리든, 뭐가 자꾸 막혀서 답답하게 나는 소리든, 아무튼 모든 소리가 저마다 유일무이하고 그래서 나름대로 값진 것이다. 들을 줄 아는 귀, 선입견이나 고정 관념 따위로 흐려지지 않은 귀에는 그렇다는 말이다. 아무쪼록 그렇게 맑은 귀를 가졌으면 한다.”

“알겠습니다, 선생님.”

진정한 '반미'

　"미국과 영국이 이라크를 공격한 지 이레가 지났습니다. 전쟁이 더욱 '잔인하게' 전개될 것이라고, 미군 사령관은 말합니다. 어떻게 생각하고 어떻게 처신해야 할는지 잘 모르겠습니다. 전쟁을 반대하는 시위대에 합류해야 하지 않겠느냐는 생각이 들다가도, 거기는 제가 갈 곳이 아니라는 뒷생각이 앞생각을 삼켜버립니다. 선생님, 제가 지금 무엇을 해야 합니까? 이 전쟁을 어떻게 보아야 합니까?"

　"보도에 의하여 알려진 전쟁의 참상에 눈이 가리워 전쟁의 진상을 못 보는 일이 없도록 해라."

　"무엇이 이번 전쟁의 진상입니까?"

　"네 말대로, 물질(돈)을 삶의 기본으로 삼는 이데올로기의

206

몰락이 진행되고 있음을 보여주는 한바탕 쇼다.”

“그 쇼로 죄없이 죽어가는 어린이와 여자들은 어떻게 합니까?”

“어린이와 여자만 죽느냐? 군인도 죽는다. 어린이와 여자만 죄없느냐? 군인도 죄없다.”

“이 쇼가 저토록 많은 인명을 죽일 만큼 가치 있는 것입니까?”

“사람들은 날마다 죽어간다. 전쟁으로 죽는 사람들보다 더 많은 숫자가 오늘도 굶주림으로 죽어가고 있지 않느냐? 사람들의 죽음을 새삼스레 문제삼을 건 없다. 그리고 죽음은 끝이 아니다. 모르느냐?”

“그건 압니다만……”

“이번 전쟁으로 목숨을 잃는 자들은, 깊은 산 속 수도원에서 여러 사람의 기도와 돌봄 가운데 임종하는 늙은 수도승과 똑같이, 새로운 존재로 태어난다. 아무도 죽어 없어지지 않는다.”

“그런 줄은 압니다만, 그래도 전쟁은 싫습니다. 빨리 끝났으면 좋겠습니다.”

“계속될 만큼 계속되다가 끝날 때가 되면 끝날 것이다.”

"그거야 누가 모릅니까?"

"알면서 빨리 끝났으면 좋겠다는 건 뭐냐?"

"……"

"행동에만 버릇이 있는 게 아니다. 생각에도 버릇이 있다. 버릇으로 하는 행동만큼 버릇으로 하는 생각도 바람직하지 않다."

"그렇긴 합니다만, 미국이 하는 짓을 그냥 바라만 볼 수는 없는 일 아닙니까?"

"이 시절에 미국을 반대하지 않는 영성 운동은 거짓이라고 네가 말하지 않았느냐? 옳은 말이다. 세속의 흐름을 거스르지 않고서 하느님의 뜻을 좇을 수는 없는 일이다."

"문제는 어떻게 반미反美를 할 것이냐, 그것이 문제군요."

"미국 방식으로 미국을 반대할 수 있겠느냐? 그건 불로 불을 끄겠다는 것과 같은 말이다. 전혀 미국스럽지 않은 방법이 무엇이겠는지 생각해 보아라. 그 방법을 찾아낼 때 너는 미국을 제대로 반대할 수 있을 것이다."

"미국스럽지 않은 방법을 알려면 먼저 미국스러운 방식이 무엇인지를 알아야겠지요. 제 눈에는, 미국이 지금 이라크 영토에서 벌이고 있는 짓이야말로 미국스러운 방식의 진면목을 보여주고 있는 것 같습니다.”

“잘 보았다. 미국이 제 모습을 저토록 노골화하여 드러낸 적이 아직까지 없었다. 資를 本으로 삼는 이데올로기의 꽃이 바야흐로 활짝 피었다.”

“활짝 피었으니 머잖아 지겠군요?”

“화무십일홍花無十日紅이라 했지.”

“꽃이 지면 그 자리에 열매가 열리겠지요?”

“열매가 맺혀 있어서 그 힘에 꽃이 지는 것이다.”

“그 ‘열매’ 가 말하자면, 미국스럽지 않은 방식으로 이루어 지는 반미입니까?”

“아니다. 반미 역시 겉으로 보이는 모습일 뿐 그것을 목적 삼아서는 안 된다. 반미 없어도 미국은 스스로 무너진다. 네 가 보기에 무엇이 ‘미국스러움’ 이냐?”

“내가 살기 위해서는 너를 죽일 수 있고 죽여야 한다는 논 리와 실천이 미국스러움의 모든 것이라고 생각합니다.”

“그것은 ‘미국스러움’ 이라기보다 저 카인으로부터 비롯되 어 지금까지 계속되어 온 인류의 유산이다. 그와 같은 논리 와 실천은 앞으로도 계속될 것이다.”

“그러면 무엇이 ‘미국스러움’ 입니까?”

"물질을 생존의 기본으로 삼는 이데올로기를 완력으로 유지하는 것, 이 점에서 미국만큼 성공한 나라가 없었다."

"그리고 그 동력은 '두려움' 이지요."

"잘 보았다. 미국은 자본의 나라이자 두려움의 나라다. 이번 이라크 전쟁이 그동안 있었던 전쟁들과 어떤 점에서 다르다고 보느냐?"

"이번만큼 전 세계에 반미 정서를 불러일으킨 전쟁이 없었다고 봅니다."

"그것이 이번 전쟁의 진정한 열매다."

"예?"

"온 세계가 한 목소리로 '미국은 아니다' 를 외치기 시작했다. 미국 여론이 압도적으로 전쟁을 지지하고 부시 대통령이 용감하게 공격 명령을 내리지 않았더라면, 지금처럼 여자와 아이들이 촛불을 들고 반전反戰 반미反美를 외치며 거리와 광장을 메우는 일이 가능했겠느냐?"

"미국이 과연 의도한 대로 이라크를 장악할까요?"

"세계로 하여금 미국을 반대하게 하는 일에는 성공하겠지만 이라크를 장악하지는 못할 것이다. 부도不道는 조이무르라, 길 아닌 길은 곧 끝나고 만다. 잠시 점령해도 오래 못 간다."

“……”

“공연한 상상이나 탁상공론으로 아까운 시간 허비하지 말고, 네 삶과 의식 속에 침투해 있는 ‘미국’을 몰아내는 일부터 착실하게 해라.”

“알겠습니다.”

“명심하여라. 네가 반대할 미국은 태평양 건너 북미 대륙에 있지 않고 네 생각과 몸짓 속에 있다. 진정한 ‘반미’는 구호나 시위가 아니라 네 삶을 철두철미 갱신하는 데 있다.”

“어떻게 해야 제 삶을 갱신할 수 있을까요?”

“지금 여기서 네가 하고 있는 일을 왜, 무슨 목적으로 하고 있는지 들여다보아라. 그것이 과연 사랑 때문에 사랑으로 하고 있는 일이면 기꺼이 계속하되, 어떤 모양으로든 두려움이 작용하고 있다고 판단되면 당장 손을 떼어라. 그것이 과연 저절로 자연스레 되는 일이면 기꺼이 계속하되, 조금이라도 억지를 부리고 있다고 판단되면 그 자리에서 손을 떼어라. 그것이 과연 남는 것을 덜어 모자라는 것을 채우는 일이면 기꺼이 계속하되, 모자라는 것을 가져다가 남는 것에 보태는 일이라고 판단되면 당장 손을 떼어라.”

“그러려면 무엇보다도 제가 저 자신에게 깨어 있어야겠군요?"

"다시 이를 말이냐? 그것으로 네 '반미' 를 시작하고 완성하여라."

"제가 하던 일을 계속하거나 하던 일에서 손을 떼는 것도, 억지로 해서는 안 되겠지요?"

"물론! 그러나, 너 자신이 지금 곧 미국스럽지 않은 삶을 살아내지 않는다면, 네 입술이나 손끝에서 나오는 '반미' 라는 말이 허망한 구호 또는 무책임한 선동으로 전락되고 말 것이다. 그렇게 되지 않도록 무엇보다 네 삶에 철저할 필요가 있다. 명심해라. 지금은 전시戰時다!"

전쟁과 전쟁놀이

"요즘 전쟁 상황을 보도하면서 텔레비전으로 여러 가지 화
상畵像을 조작하여 사람들로 하여금 무슨 사이버 공간에서 벌
어지는 전쟁놀이 war game를 보고 있는 듯한 착각에 빠져 전
쟁의 참상을 제대로 보지 못하게 한다는 비판이 있습니다."

"텔레비전이 전쟁을 전쟁놀이로 보게 한다는 얘기냐?"

"그렇지요."

"전쟁과 전쟁놀이의 다른 점이 무엇이라고 보느냐?"

"전쟁에서는 사람들이 죽고 다치지만 전쟁놀이에서는 아
무도 죽거나 다치지 않습니다."

"전쟁놀이에서도 사람들이 죽고 다치고 그러지 않느냐?"

"그러나 그것은 어디까지나 죽는 척하고 다치는 척하는 것

이지 진짜로 죽거나 다치는 건 아니지요."

"네가 지금 경험하고 있는 현실이, 라마나 마하르쉬의 말대로 꿈과 다르지 않은 것이라면, 그래서 죽어도 진짜 죽는 게 아니고 다쳐도 진짜 다치는 게 아니라면, 그래도 전쟁과 전쟁놀이에 차이가 있다고 보느냐?"

"그럼 지금 벌어지고 있는 저 이라크 전쟁이 전쟁놀이란 말씀입니까?"

"전쟁뿐만 아니라 모든 것이 한바탕 놀이라면 어떻게 하겠느냐?"

"받아들이기 어려운 말씀입니다만, 진정 그렇다면 좋겠다는 생각이 듭니다."

"무엇이 왜 좋겠다는 거냐?"

"모든 것이 한바탕 놀이라면 어떤 상황이 벌어져도 그것을 즐길 수 있지 않겠습니까?"

"즐긴다는 게 무슨 뜻이냐?"

"예컨대, 연극을 하면서 즐기는 것과 같겠지요. 슬픈 상황에서는 슬퍼하고 아픈 상황에서는 아파하고 기쁜 상황에서는 기뻐하고…… 그러면서 연극을 즐기는 겁니다."

"근사한 말이다. 연극을 하면서 즐길 수 있는 것은 그것이 연극임을 알고 있기 때문이다. 그러나 연극이 진행되는 동안 출연자들은 연극에 몰입해야 한다. 연극을 하면서 마음이 다른 데 가 있어서는 연극을 즐길 수가 없다."

"그러면, 시방 이라크에서 벌어지고 있는 전쟁을 전쟁놀이하듯이 즐기라는 말씀입니까?"

"아니다. 전쟁을 전쟁놀이하듯이 즐기는 것은 결코 바람직한 일이 아니다."

"전쟁과 전쟁놀이에 차이가 없다고 하시잖았습니까?"

"그렇기 때문에 전쟁을 전쟁놀이로 즐겨서는 안 된다."

"무슨 말씀이신지요?"

"전쟁놀이를 하는 자는 전쟁놀이에 몰입해야 한다. 전쟁놀이는 웃고 즐기자는 놀이가 아니라 울면서 아파하자는 놀이다. 그래서 노자는 '전쟁에 이기고 슬퍼 운다'(戰勝以喪禮處之)고 했다. 리어 왕이 죽어가면서 풍선껌을 씹고 깔깔거려서야 제 정신이라고 하겠느냐?"

"사람들이 죽고 다치고 피를 쏟는데, 전쟁이니 전쟁놀이니 하고 얘기한다는 것 자체가 제정신이 아닌 것 같습니다."

"그럴 것이다. 그래도 알아는 두거라. 누구도 죽거나 다치지 않는다. 죽거나 다치는 게 있다면 그들의 '몸'이지 그들은 아니다. 네 '몸'이 너냐?"

"……"

"네 몸이 너라는 착각에서 완전히 깨어나지 않는 한, 전쟁을 전쟁놀이라고 말하는 것이 터무니없는 소리로 들릴 것이다."

"……"

"당장 무엇을 어떻게 하라는 말이 아니다. 네가 꿈속에서 너에게 '이건 꿈이야' 하고 말해 주듯이, 세상에서 벌어지고 있는 모든 일이 결국 네 마음을 비쳐주는 거울과 같은 것임을, 어렴풋이라도 알고 있으라는 얘기다."

"……"

"전쟁을 분노하되 그 분노에 소화燒火되지 말아라. 전쟁을 슬퍼하되 그 슬픔에 익사하지 말아라. 오늘은 여기까지다."

"어젯밤에는 무슨 일로 화가 났습니다만, 제가 저에게 '나는 네가 지금 화를 내려고 하는 걸 알고 있다. 그렇지만 너를 편들어 너와 함께 화를 내지는 않겠다. 그동안 수없이 화를 내보았지만 그렇게 해서 문제가 해결되거나 결과가 좋아진 적은 한 번도 없었다. 이번엔 속지 않는다'고 말했습니다. 그래서 결국 화를 내지 않고 한숨만 몇 차례 쉬었습니다."

"한숨을 길게 내쉬는 것 자체가 나는 지금 화가 나 있다고 말하는 것 아니냐? 화를 안 냈다고 하기는 힘든 얘기다."

"그렇군요. 옳습니다. 다만, 전처럼 소리를 지르거나 얼굴을 일그러뜨리거나 그러지를 않았을 뿐이지요. 그래도 제가 저에게 '너를 편들어 너와 함께 화를 내지 않겠다'고 말한 것은 사실입니다."

"잘했다. 그렇게 해서 에고로 에고를 반대하여 에고로 하여금 스스로 허물어지게 하여라."

"무슨 말씀이신지요?"

"화가 나 있는 것도 너요, 그런 너를 편들어 함께 화를 내지 않겠다고 말하는 것도 너다. 어느 나라든지 갈라져서 싸우면 쓰러지게 마련이고 한 집안도 갈라져서 서로 싸우면 망하는 법이다. 네가 너를 상대하여 싸우면 네가 망하지 않겠느냐?"

"제가 망하면 어떻게 합니까?"

"죽으면 산다고 했다. 내 말을 믿느냐?"

"아멘."

"앞으로 너를 잘 살펴서 편들어 줄 만하면 기꺼이 편들어 주되 그렇지 않을 때에는, 어젯밤에 했듯이 야멸차게 등을 돌려라. 너를 죽이는 것도 네 에고요, 너를 살리는 것도 네 에고다. 네가 너를 편들어 함께 살고자 하면 죽을 것이요 네가 너를 거슬러 함께 죽으면 살 것이다."

"알겠습니다, 선생님."

"그래. 겉으로 화를 내지 않았더니 결과가 어찌 되었느냐?"

"기적처럼 문제가 풀어졌습니다."

"기적이 아니라, 지극히 정상적이요 상식적인 결과였다. 누구든지 자기가 심은 대로 거둔다고 하지 않았느냐?"

"그렇군요, 선생님."

마찬가지

"제 친구가 죽어가고 있습니다. 어떻게 하지요?"
"너는 죽어가고 있지 않느냐?"

중요한 것은 마지막 말

"게쎄마니 동산에서 지상의 마지막 밤을 보내실 때, '아버지께서는 모든 일을 다 하실 수 있으시니 이 잔을 내게 돌리지 마소서' 라고 기도하셨다는 성서의 증언이 맞는 것입니까?"

"그렇다."

"그 기도를 누가 한 것입니까? 유영모 식으로 표현해서 선생님의 '얼나' 였습니까? '몸나' 였습니까?"

"나의 '몸나' 였다."

"그러면 곧이어 '그러나 제 뜻대로 마시고 아버지 뜻대로 하소서' 라고 기도하신 것은 누구였습니까?"

"그것도 나의 '몸나' 였다. 기억해 두어라. 한 영혼이 몸을 입고 이 땅에 사는 동안 생각으로든 말로든 '행위' 를 하는 것은 '몸나' 다. '얼나' 는 어떤 행위도 하지 않는다."

"그렇다면 십자가에 달리셔서 '엘로이 엘로이 레마 사박타니?' (나의 하느님, 나의 하느님, 어찌하여 나를 버리십니까?) 하고 외치신 것도 선생님 '몸나' 였나요?"

"그렇다. 이어서 '내 영혼을 아버지 손에 맡깁니다' 라고 말한 것도 나의 '몸나' 였다."

"결국 한 '몸나' 가 서로 일치되지 않는 내용을 한 입으로 말한 셈 아닙니까?"

"그런 셈이다."

"그럴 수 있는 겁니까? 그래도 되는 겁니까?"

"얼마든지 있을 수 있는 일이다. 중요한 것은 대화의 내용보다 대화의 대상이다. 누구와 이야기를 나누고 있느냐가 무슨 이야기를 나누느냐보다 중요하다는 말이다. 그리고 대화의 내용에서 중요한 것은 마지막 말이다. 마지막 한 마디가 앞에 한 모든 말의 내용을 결정짓기 때문이다. 너는 다투다가 화목하는 쪽이 나으냐, 아니면 화목하다가 다투는 쪽이 나으냐?"

"그야 물론 다투다가 화목하는 쪽이지요."

"그게 왜 그런가 하면, 다투다가 화목하는 것은 앞의 다툼이 화목을 위한 씨앗이었고 화목하다가 다투는 것은 앞의 화목이 다툼의 씨앗이었기 때문이다.”

“그러니까, 게쎄마니 동산과 십자가 위에서 선생님이 하신 서로 일치되지 않는 듯한 말씀의 중요한 의미는 각각 앞에 하신 말씀보다 뒤에 하신 말씀에 담겨 있군요?”

“그렇다. 그리고 그보다 더 중요한 것은 내가 그 모든 말을 ‘아버지’ 와 나누었다는 사실이다.”

“……”

“네 ‘몸나’ 가 아버지의 뜻을 거역하려고 하는 것은 자연스런 일이다. 내가 최후 순간까지 어떻게 했는지 잘 보지 않았느냐? 그것을 부끄럽거나 송구스럽게 여기지 말아라. 괜찮다. 다만, 내가 너에게 보여주었듯이, 그 모든 의심, 거역, 원망을 아버지께만 털어놓아라. 그리고 그 마지막은 조건 없는 굴복으로 마쳐라. 그런 다음에 다가오는 모든 상황을 ‘받아들임’ 없이 받아들여라. 고통과 함께 그것을 씨앗으로 한 기쁨이 네 품에서 춤을 추리라.”

치유되지 않은 상처

"오늘 새벽 저에게 일어난 일을 어떻게 할까요?"

"그대로 받아들이면 될 것 아니냐?"

"아니, 그 내용을 여기 적어둘 것인가에 대하여 여쭙는 겁니다."

"간략하게 기록해 두는 것도 좋겠지. 누군가에게 도움이 될지도 모르니까."

"새벽에 뒤숭숭한 꿈을 꾸다가 깨었지요. 꿈에 슬기가 등장하는데 혹시 슬기에게 무슨 일이 있는 게 아니냐고 제가 선생님께 여쭈었습니다. 선생님께서는 슬기하고 상관없으니 안심하라고, 계속 꿈을 꾸라고 대답해 주셨습니다."

"그랬지."

"저는 다시 잠자리에 누웠고 꿈은 약간 바뀐 상태로 계속되었습니다. 요약하면, 지금 슬기가 무슨 고비를 잘 넘어야 하는데 어렸을 적에 가지고 놀던 인형 하나가 속으로 한을 품고서 보이지 않게 훼방하는 것을 제가 알고는 인형이 한을 풀도록, 말하자면 푸닥거리를 준비하는 그런 꿈이었어요. 꿈에도 목사가 무슨 푸닥거리냐고 스스로에게 망설이는데 선생님께서 이르셨지요. '미신迷信도 신信이다. 업신여길 게 아니다.' 선생님께서 하신 말씀, 맞습니까?"

"맞다. 의사는 상처가 작다고 해서 함부로 대하지 않는다."

"그것으로 슬기 인형에 얽힌 꿈은 사라지고 다른 꿈이 계속되었습니다. 사실 그건 꿈이라고는 할 수도 없지요. 곧장 선생님과 대화가 이루어졌으니까요. 제 기억이 맞습니까?"

"맞다."

"제가 선생님께, 이 꿈이 저에게 무엇을 의미하는지, 그것을 여쭈어본 것 같습니다."

"그랬지."

"선생님께서는, 제 잠재 의식에 깊숙이 박혀 있는 상처 하나를 치료하는 중이라고 하셨습니다."

"그랬다."

"그것이 무엇이냐고 여쭙자, 어렸을 때 받은 상처가 치유되지 않은 채 남아 있어서 그것이 너로 하여금 비슷한 경우를 만나면 견딜 수 없을 만큼 화를 내게 한다고 하셨습니다. 제가 다시, 그 상처라는 게 어떤 상처였느냐고 여쭙자 선생님께서는 네가 기억해 내라고 하셨습니다. 맞습니까?"

"맞다."

"제가 기억나지 않는다고, 기억나게 도와주십사고 부탁 드리자 선생님께서는 지금 돕고 있다고 대답하셨습니다. 그래서 기억에 떠오르는 것들을 살펴보자니, 이윽고 어느 날의 일이 생각났습니다. 아참, 그 전에 제가 여쭌 게 있지요. 저에게 상처를 입힌 게 누구였냐고, 혹시 어머니 아니냐고, 그렇게 여쭙자 선생님께서는 그렇다고, 네 어머니라고 대답하셨습니다. 그런 다음 그 '사건'이 떠올랐지요.

어느 날 저보다 세 살 아래인 누이와 놀다가 무슨 일로 다투었습니다. 우린 잘 다투면서 컸지요. 그날 무슨 일로 다투었는지는 기억나지 않습니다만, 정말 아무것도 아닌 일이었을 것입니다. 한참 그러고 있는데 밖에서 인기척이 들렸어요. 어머니였습니다. 그러자 동생이 갑자기 방구석에서 팔하나를 늘어뜨리고는 어디 한 군데 부러지기나 한 것처럼 울

어댔습니다. 저는 그게 엄살인 줄 잘 알고 있었지요. 조금 전만 해도 그 팔로 저와 힘 겨루기를 했으니까요. 문이 열리고, 성난 어머니가 들어오면서 저를 욕하고 때리기 시작했습니다. 제가 동생 팔을 부러뜨리기나 했다는 듯이…… 저는 너무나도 억울하고 분해서 도망도 치지 않고 그 매를 모두 맞았습니다.

그동안 까맣게 잊고 있었는데 그 일이 생각났어요. (전에도 몇 번 그 '사건'이 기억났습니다만, 그저 옛날에 그런 일이 있었지 하고 넘어갔어요.) 제가 선생님께 여쭈었습니다. '그 사건입니까? 그것이 제 잠재 의식에 치유되지 않은 상처로 남아 있었습니까?' 그러자 선생님께서는 그렇다고 하시며 이제 치료를 시작하자고 하셨지요. '단순히 사건을 기억하는 것만으로는 치료가 되지 않는다. 그것을 따뜻하고 깊은 이해理解의 눈으로 보아야 한다. 이해야말로 가장 좋은 치료제다.'

제가 어떻게 하면 되느냐고 여쭙자, 네 어머니를 이해하라고, 그때엔 그럴 수밖에 없었다고, 그럴 만한 사정이 있었다고 하셨습니다. 그러시면서 그날 어머니가 왜 저를 그렇게 다루셨던가에 대하여 대강 일러주셨지요. 어머니는 그 무렵

삼십 대 중반의 이른바 젊은 과부였고 따라서 남자들의 탐욕
스런 눈길에 시달려야 했다는 것, 그리고 바로 그 날도 한 남
자로부터 심한 모욕과 폭력을 당할 뻔하다가 겨우 빠져나와
집으로 돌아왔는데 누이를 울리고 있는 저한테서 '여자를 괴
롭히는 남자'의 모습이 겹쳐 보이자 세상 남자들에 대한 분
노가 한꺼번에 터져나왔던 것이라고, 그렇게 일러주셨습니
다. 맞습니까?"

"맞다."

"그러면서, 그것이 비록 욕설과 매질로 표현되기는 했지만
그 속에 있는 것은 어린 자식들에 대한 어미의 본능적인 사
랑이었다고, 너를 사랑하지 않았더라면 절대 그런 일이 없었
을 것이라고, 이제 어머니에게 한 마디 하라고 하셨습니다."

"……"

"저는 마음으로 웃으면서 어머니에게 말했지요. '어머니,
그날 그런 일이 있었소? 그것도 모르고 난 억울하고 분하다
는 생각만 했지 뭐요? 어머니가 날 얼마나 끔찍하게 사랑하
셨는지는 내가 알고 어머니가 알지 않소?' 그렇게 해서 제
상처는 치료된 것입니까?"

"곰팡이는 햇볕에 드러나면 사라지게 돼 있다. 이제부터는

누가 너로 말미암아 괴롭힘을 당한다고 해도, 너 때문에 누가 해를 입었다고 해도, 그 말에 전처럼 화를 내지는 않을 것이다.”

“맞습니다, 선생님. 그동안 제가 가장 견디기 힘든 것은 누가 저 때문에 해를 입거나 괴로움을 당했다는 말을 듣는 것이었어요. 그런 말을 들으면 도무지 억울하고 분해서 견딜 수가 없었습니다.”

“이제는 혹시 그런 말을 듣는다 해도 별로 화가 나지 않는 자신을 보게 될 것이다.”

“정말이십니까?”

“미신迷信도 신信이다. 업신여겨서는 안 된다. 특히 어렸을 때 입은 상처는 언제고 반드시 치료되어야 한다. 이해가 최선의 치료제라고 했다. 네가 진실을 알게 되면 그 진실이 너를 자유롭게 해줄 것이다.”

와이셔츠와 티셔츠

"보궐 선거에서 새로 당선된 국회의원이 의원 선서를 하려다가 와이셔츠에 넥타이를 매지 않고 티셔츠를 입었다는 이유로 다른 의원들이 반발하고 퇴장하는 바람에 결국 선서를 못하고 말았습니다."

"알고 있다."

"딱한 노릇이지요."

"재미있지 않느냐?"

"뭐가 재미있습니까? 분통 터질 일이지요. 딱딱한 제 생각에 갇혀 있는 딱정벌레 같은 인간들이 국민을 대표한다면서 국회의사당을 점령하고 있잖습니까?"

"생각도 굳어지면 우상이 된다는 걸 그보다 더 잘 보여줄 수 있겠느냐? 그리고 너는 네 생각에 갇혀서, 네 생각이 공격받았을 때 얼굴이 굳어진 적 없느냐?"

"웬걸요? 하루에 열두 번도 더 그러지요."

"와이셔츠나 티셔츠나 그게 그거다."

"……"

"모든 현상이 너를 비쳐주는 거울이다. 거기서 너를 보지 못한다면, 그야말로 딱한 일이지."

"……"

"남을 보고 즐기거나 화를 내거나 그럴 것 없다. 모두가 네 선생인데, 선생 대접을 해야 하지 않겠느냐?"

"예, 선생님."

불편부당

"선생님, 불편부당不偏不黨이란 말이 있습니다. 그게 과연 가능한 겁니까?"

"가능하지 않으면 왜 그런 말이 생겨났겠느냐?"

"세상에 있지도 않은 것을 가리키는 말이 있잖습니까? 예를 들면 '해태'나 '용' 처럼 말입니다."

"상상으로 있는 것도 훌륭하게 있는 것이다."

"혹시 불편부당이란 말도 사실은 불가능한 것이지만 그랬으면 좋겠다는 마음에서 만들어진 말 아닐까요?"

"정의正義란 말이 있다. 그게 과연 있는 것이냐?"

"……"

"민주民主란 말이 있다. 그게 과연 가능한 것이냐?"

"……"

"말을 하지 않을 순 없겠지만, 말에 끌려다니지는 않도록 해라. 불편부당은 다른 모든 말과 마찬가지로, 있기도 하고 없기도 한 말이다. 자, 네가 무슨 짓을 했다. 이 사람은 네 행위가 불편부당했다고 보는데 저 사람은 네 행위가 편당했다고 본다. 그럴 수 있는 일 아니냐?"

"그럴 수 있는 게 아니라 늘 그러고 있지요."

"그럴 경우, 이 사람한테는 '불편부당'이 있는 것이고 저 사람한테는 없는 것이다. 불편부당은 다른 모든 말과 마찬가지로, 그렇다고 보는 자에게는 있고 그렇지 않다고 보는 자에게는 없는, 그런 것이다."

"선생님, 그래도 저는 불편부당한 삶을 살고 싶습니다. 일이 있을 때마다 편당을 짓고 서로 날카롭게 맞서는 사람들 모습에 질려버렸어요. 어느 쪽도 편들고 싶지 않습니다. 누구하고도 싸우고 싶지 않아요. 정말로 그럴 경우가 닥치면 어떻게 되는지 그건 모르겠습니다만, 누가 제 목숨을 노린다 해도 그를 상대로 싸우지 않겠습니다."

"그러고 싶으면 그래라. 누가 말리느냐?"

"그래도 될까요?"

"안 될 게 뭐냐?"

"사람들이 저를 가만두지 않거든요. 끊임없이 자기 편을 들라고 요구하고 있습니다."

"그거야 그들 문제지 네 문제는 아니다. 너는 사람들에게 네 편을 들어달라고 요구하지 않느냐?"

"저라고 왜 아니 그러겠습니까?"

"남의 문제로 씨름하지 말고 네 문제나 잘 풀어라. 사람들 요구를 들어줄 것이냐 거절할 것이냐를 결정하고 그대로 실천하는 것이 네 문제다. 자기 편에 서라는 사람들의 요구로부터 자유롭게 되지 않는 한, 누구하고도 싸우지 않는 무쟁無諍의 경지엔 들 수 없을 것이다."

"사람들의 요구로부터 자유롭게 된다는 게 어떤 것입니까? 누가 무엇을 요구해도 끄떡하지 않는 건가요?"

"그건 자유롭게 된 것이 아니라 죽은 것이다. 사람들의 요구로부터 자유롭게 된다는 것은, 그들의 요구를 들어줄 것인가 말 것인가, 그런 것을 더 이상 고민하지 않는 사람으로 된다는 뜻이다."

"편들 때는 편들고 안 들 때는 안 들고, 그런다는 말씀인가요?"

"하늘이 사람들 요구에 따라서 햇빛과 비를 내리느냐?"

"……"

"땅이 사람들 요구에 따라서 바람과 구름을 일으키느냐?"

"……"

"불편부당은 누가 시도해서 되는 게 아니다. 그냥 그런 것이다. 불편부당한 사람으로 돼야겠다는 마음을 붙잡고 있는 한, 너는 결코 불편부당한 사람으로 되지 못할 것이다."

"그러면 저는 어떻게 해야 합니까?"

"모든 것을 한울님 눈으로 보라고 했다. 네가 텅빈 허공이라 생각하고 사건을 대해 보아라. 네가 맑은 거울이라 생각하고 사물을 대해 보아라. 모든 것을 있는 그대로 판단도 시비도 없이 그렇게 볼 수 있을 때까지는 그와 같은 연습이 필요하다."

"그러다가 온세상으로부터 따돌림을 당하지 않을까요?"

"그게 겁나거든, 불편부당한 삶을 꿈꾸지도 말아라."

"아닙니다, 그럴 순 없지요."

"맑은 날엔 맑고 흐린 날엔 흐린 하늘처럼, 여름에는 덥고 겨울에는 추운 날씨처럼, 네 생각과 말과 행동이 스스로 자유롭게 이루어진다면, 그것이 바로 끊임없이 편당을 지으면서 어디에도 불편부당한 참사람의 모습 아니겠느냐?"

하고 싶었던 일들

"아내가 가끔 하는 말이 있습니다. 저하고 살면서 하고 싶은 일을 못한 게 너무 많다는 거예요. 어떨 때는 단 한 가지도 자기 맘대로 한 게 없다고 합니다."

"그 말을 곧이듣느냐?"

"물론 화가 나서 하는 말인 줄이야 압니다만, 그래도 그런 말을 들으면 속이 상하지요."

"어째서냐?"

"사실 저도 아내 때문에 못한 일이 있거든요."

"네가 그 일을 못한 것이 정말로 네 아내 때문이었다고 생각하느냐?"

"아닙니다. 저에게 아내를 무시할 용기가 없었기 때문이라

고 해야겠지요. 선생님께서는, 나보다 네 부모처자를 더 사
랑하면 안 된다고 하셨습니다만 저는 그 말씀을 따르지 못했
습니다."

"나는 그렇게 생각하지 않는다. 너는 네 아내보다 나를 더
사랑했다."

"예? 무슨 말씀이신지요?"

"언제나 나는 네가 '하고 싶은 일'이 아니라 '하고 있는
일' 속에 있었다. 지금도 마찬가지다. 내일이 오늘을 낳는 게
아니라 오늘이 내일을 낳기 때문이다. 네 부모처자보다 나를
더 사랑하라고 한 것은 본本을 말末보다 소중하게 여기라는
뜻이었다. 내가 네 부모처자를 있게 한 것이지 네 부모처자
가 나를 있게 한 것은 아니다. 네가 하고 싶은 일 대신 지금
함께 살고 있는 아내를 택한 것은 말末을 버리고 본本을 잡은
것이다."

"그렇지만 선생님께서는 어머님을 떠나셨잖습니까?"

"너는 어머니를 떠나지 않았느냐? 자식이 때가 되어 부모
를 떠나는 것은 부모를 버리는 것이 아니다. 나는 내 어머니
를 버린 적이 없다."

"……"

“지금도 네 아내 때문에 못한다고 생각되는 일이 있느냐?”

“예.”

“어디, 들어보자.”

“저금 통장 없이, 무일푼으로, 그날 그날 하루치 양식만으로, 그렇게 한번 살아보고 싶습니다.”

“그렇게 살아서 무얼 어쩌겠다는 거냐?”

“그냥, 그렇게 살아보고 싶습니다.”

“네 아내가 보살이다. 고맙게 여겨라.”

“예?”

“네가 만일 그동안 하고 싶었던 일을 거리낌없이 모두 했다면, 그 일들로 말미암아 참 훌륭하고 대단한 인물이라는 세평世評은 얻었겠지만 그러나 덕분에 나하고는 거리가 아주 많이 멀어졌을 것이다. 무슨 말인지 알아듣느냐?”

“예, 아마도 그랬을 것입니다. 위선의 탈을 쓰고서, 스스로 대단한 인물이라는 착각에 빠져 있겠지요.”

“ ‘아마도’ 가 아니라 ‘틀림없이’ 다. 그게 네 기질이다.”

“맞습니다, 선생님.”

“내가 네 아내 모습을 하고 너를 도왔다. 몰랐더냐?”

“오랫동안 몰랐습니다. 최근에야 겨우 짐작하게 됐습니다.”

238

"이제 그것을 좀더 분명히 알았으면 한다. 내가 네 아내 입으로 얼마나 여러 번 말했더냐? '당신은 내가 제동을 걸어야 한다'고."

"예, 선생님."

"네가 세상에 온 것은 '일'을 하기 위해서가 아니라 '사랑'을 하고 사랑을 알기 위해서였다. 그런데도 너는 물거품 같은 허명虛名을 얻고자 틈만 있으면 사람들 눈에 잘 띄는 일거리를 잡으려 했지. 잊지 말아라. 나는 사람들의 '일' 속에 있지 않다. 사랑이 실현되는 곳, 거기가 나 있는 곳이다."

"그렇지만 '일' 없이는 '사랑'도 없는 것 아닙니까?"

"말 잘했다. 네 말대로, 구체적인 일을 떠나서는 사랑이 있을 곳이 없다. 그러나 사랑이 일을 낳는 것이지 일이 사랑을 낳는 것은 아니다. 일을 위해서 사랑을 하는 게 아니라 사랑을 위해서 일을 하는 것이다. 일은 물그릇과 같고 사랑은 물과 같다."

"……"

"너는 사람들이 쉽게 할 수 없는 어떤 일을 해서 이른바 '위대한 업적'을 남기고자 세상에 온 게 아니라, 모두가 쉽게 할 수 있는 평범한 일을 통해 사랑을 배우고자 세상에 왔다.

요즘 세상에서는 저금 통장 하나쯤 있는 게 평범한 삶이다."

"……"

"아직도 세간의 이목을 끌고 싶은 마음이 네 속에 남아 있구나. 집도 절도 없이, 저금 통장도 없이, 초연한 삶을 살아가는 무소유 자유인! 참 근사한 이름이다. 그 이름을 얻고 싶은 거냐?"

"그건 아닙니다, 선생님."

"아무것도 바라는 게 없기를 바란다고, 네 입으로 몇 번이나 말했느냐?"

"수도 없이 했지요."

"그게 다 빈말이었더냐?"

"아닙니다."

"그런데 지금은 통장 없이 살아보고 싶다?"

"……"

"……"

"드릴 말씀이 없습니다, 선생님."

"나도 더 할 말 없다."

접시꽃

"선생님, 뜰에 핀 접시꽃을 보다가 생각이 나서 몇 줄 적어
보았습니다.

접시꽃이 피었다.
오월에는 아직 아니었다가
유월에 드디어 피어났다.

누가 피워내는 걸까?
붉은 접시꽃.
접시꽃은 접시꽃을 피우지 않는다.
봄날이 봄날을 부르지 않고

열매가 열매를 맺지 않듯이.

누가 살다가는 걸까?
짧은 내 인생.

접시꽃을 피우는 게 접시꽃이 아님을 생각하니 갑자기 모든 것이 아득해졌습니다. 처음도 나중도 없는 세계에 던져진 느낌이었어요.”

“그걸 누구는 현묘玄妙라는 말로 표현했지.”

“……”

“……”

“……”

“그러나 그건 착각이다. 그렇게 느끼고 있는 네가 바로 처음도 나중도 없는 세계이기 때문이다.”

“예?”

“너와 세계가 동떨어진 둘이 아니라는 걸 굳이 설명해야겠느냐?”

“……”

“착각이긴 하지만, 그래도 네 눈이 조금 열렸다는 증거니

반가운 일이다. 접시꽃을 피운 게 접시꽃이 아니듯, 네 인생 사는 게 네가 아님을 순간마다 기억토록 유념하거라.”

“제 인생 사는 게 제가 아니면, 그러면 누가 살다가는 걸까요?”

“처음도 나중도 없는 것이 어디로 가고 어디로 온다는 말이냐?”

“그렇지만 선생님께서는, 나는 내가 어디에서 왔다가 어디로 가는지를 안다고 하시잖았습니까?”

“그렇다. 나는 안다.”

“그런데 저는 왜 모릅니까?”

“네가 나냐?”

“제가 선생님과 동떨어진 존재는 아니잖습니까?”

“네가 아는 것을 네 손가락이 안다고 하겠느냐?”

“……”

“괜한 궁리로 아까운 시간 낭비하지 말고, 머리와 가슴을 비워라. 아무것도 붙잡지 말아라. 처음도 나중도 없는 것이 처음도 나중도 없는 것을 어떻게 붙잡는단 말이냐? 보아라, 붉은 접시꽃이 뚝뚝 지고 있구나!”

평화를 위해 일하는 사람

“선생님, ‘평화를 위하여 일하는 사람은 복이 있다’고 하셨는데요. 평화를 위해 일한다는 게 무엇을 어떻게 하는 겁니까? 영어권에서는 ‘평화 만드는 사람peace-maker’이라는 말을 쓰던데요. 진짜로 사람이 평화를 만들 수 있는 겁니까?”

“사람이 빛을 만들 수 있느냐?”

“빛을 있게 할 수는 있지만 빛 자체를 만들 수는 없지요.”

“그런 뜻에서 사람이 평화를 만들 수도 없다. 빛과 마찬가지로 평화는 사람보다 먼저 세상에 있었다.”

“그렇다면 ‘평화를 만드는 사람’이 어떻게 있는 겁니까?”

“사람이 빛은 못 만들어도 어둠은 만들지 않느냐? 마찬가지로 평화는 못 만들어도 불평불화不平不和는 만든다. 사람이 어둠을 만들었으니 그 어둠을 없앨 수도 있다. 어둠을 없애면 곧 빛을 있게 하는 것이니 스스로 조성한 불평불화를 없애면 그것이 곧 평화를 만드는 것이라고 말할 수 있지 않겠느냐? 그러나 이건 어디까지나 그렇게 하는 '말' 일 뿐이다. 실제로 사람이 평화를 만들어낼 수 있는 건 아니다. 억지로 말한다면, 본디 있는 것을 다시 있게 하는 것이라고나 할까?"

"사람이 어둠을 만든다고 하셨습니다만, 사실 '어둠' 이란 없는 것 아닙니까?"

"말 잘했다. 어둠이란 본디 없는 것이다. 있는 것은 빛(밝음)뿐이다. 그러니 사람이 어둠을 만든다는 말도 그냥 그렇게 하는 말에 지나지 않는다. 없는 것을 누가 무슨 수로 만들겠느냐?"

"하지만 어둠이라는 현상이 있는 것 또한 사실 아닙니까?"

"현상이 있을 뿐, 실상이 있는 것은 아니다. 있다면 빛(밝음)의 부재가 있을 뿐이다. 어둠이라는 실체는 없다. 어둠 속으로 빛이 들어갈 수는 있지만 빛을 뚫고 들어가는 어둠은 없다."

"그렇다면 불평불화 또한 없는 것 아닙니까?"

"없는 것이다. 그러나 사람이 어둠을 빚어내듯이 불평불화 또한 만들어낼 수 있다."

"무슨 말씀인지 모르겠습니다. 본디 없는 것을 어떻게 만들어냅니까?"

"그림자나 그늘이 있는 것이냐? 없는 것이냐?"

"있지요."

"그림자가 있어서 그것이 실물을 끌고 다니느냐?"

"그럴 수는 없지요."

"그래도 실물이 있듯 그렇게 그림자가 있다고 하겠느냐?"

"그건 아닙니다."

"불평불화도 마찬가지다. 사람이 불평불화를 빚어내지만 그러나 자동차를 만들듯이 그렇게 만들어내는 것은 아니다."

"사람이 어떻게 불평불화를 빚어내는지 그것을 알면 거꾸로 평화를 만드는 방법을 알 수 있겠군요?"

"불평불화는 그림자(그늘)요 평화는 빛(밝음)이다. 빛의 부재가 어둠이듯이 평화의 부재가 불평불화다."

"우리가 지구에서 겪는 어둠이란 결국 지구 자체의 그늘(그림자) 아닙니까?"

"제법이구나. 어둠이란, 그것을 경험하는 자에 의하여 이루어진 빛의 부재다. 지구가 허공처럼 투명한 물건이라면 누구도 지상에서 어둠을 경험할 수 없을 것이다."

"사람도, 허공처럼 투명한 사람이라면 어딜 가도 어둠을 경험할 수 없겠지요?"

"그렇지 않다. 이 땅에 몸을 입고 사는 한, 누구도 지구의 그늘에서 벗어날 수 없다. 내가 일찍이, 나는 세상의 빛이라고 하지 않았느냐? 그 말은 내가 어둠의 빛이라는 뜻이었다. 빛의 세계에는 따로 빛이 있을 이유도 없고 있을 수도 없다."

"아하, 달마가 말한 확연무성廓然無聖의 경지가 바로 거기군요?"

"그렇다. 확연廓然이란 거리낄 것 없이 탁 트였다는 뜻이요 무성無聖은 따로 성스러운 게 없다는 뜻이니 확연해서 무성이 아니라 확연 곧 무성이다. 빛을 가로막거나 굴절시킬 물건이 도무지 없거늘 어디에 밝은 곳이 따로 있겠느냐? 달마가 만일 유성有聖이라고 했다면 그것은 유속有俗이란 말과 같은 말이니 불지佛地를 일컫는 말일 수 없다. 어디에도 속된 물건이 없어 모두가 성스러운 곳, 거기가 바로 부처의 땅이다."

"그렇다면, 사람이 제 그늘로 어둠을 조성하듯 그렇게 불평불화를 만들어내는 것이니 스스로 투명한 사람이 되면 저절로 불평불화는 사라지겠군요?"

"그래서 평화는 행위에서 나오는 게 아니라 존재에서 나오는 것이라고 했다."

"그렇다면, 평화를 위해 일한다는 말은 무슨 말입니까?"

"어두운 방을 밝게 하려면 어떻게 해야 하느냐? 어둠을 빗자루로 쓸어낼 수 있느냐?"

"불을 밝히든지 창문을 열어 빛이 들어오게 해야지요."

"그렇게 하는 것이 평화를 위해 일하는 것이다."

"좀더 구체적으로 말씀해 주십시오."

"먼저 너 자신을 맑게 해라. 본디 무아無我인 너 자신으로 돌아가라는 얘기요, 달리 말해 네 '에고'를 비워 진아眞我로 하여금 막힘 없이 본연의 빛을 두루 비추게 하라는 얘기다."

"제 진아眞我가 빛인가요?"

"만물이 하느님께로서 났으니 세상에 빛 아닌 존재는 없다. 다만 '에고'가 따로 있다는 착각으로 말미암아 그 빛이 막히고 굴절되어 이른바 '어둠'이 빚어지는 것이다. 평화를 위해 일하는 사람이 되려면 먼저 자신이 평화 그 자체로 되어야 한다. 스스로 평화롭지 못한 자가 어떻게 세상을 평화롭게 할 수 있겠느냐? 꺼진 등불이 어찌 방 안을 환하게 할 수 있겠느냐?"

“스스로 밝은 빛이 되면 저절로 방 안을 환하게 하듯이, 스스로 평화로운 사람이 되면 저절로 세상을 평화롭게 하는 것입니까?”

“그렇다. 굳이 평화를 위해 무슨 일을 따로 하지 않아도 그의 말 한 마디 손짓 하나가 모두 평화를 위한 일로 되는 것이다. 그의 존재가 그대로 행위라는 말이다.”

“스스로 평화롭게 된다는 게 어떻게 되는 것을 말합니까? 그리고 그 방법은 무엇입니까?”

“무아로 되어 모든 것에 어울리면서 그것들의 정체를 드러내 보이는 것이 스스로 평화로운 사람의 모습이다. 그는 누구와도 다투거나 싸우지 않는다.”

“선생님께서는 여러 차례 바리새파나 율법학자들과 충돌하시지 않았습니까?”

“지금 ‘충돌’이라는 말을 썼느냐? 아니다. 잘 살펴보아라. 나는 그들의 길을 가로막거나 훼방놓지 않았다. 다만 그들의 모습을 있는 그대로 세상에 드러냈을 뿐이다. 그것이 어둠 속에서 빛이 하는 일 아니냐? 내가 발을 걸어 넘어뜨린 자는 하나도 없었다.”

“그렇지만 선생님한테 걸려 넘어진 자들은 많이 있었지요.”

"돌에 걸려 넘어진 자를 보고, 돌이 너를 넘어뜨렸다고 말할 수 있는 거냐?"

"……"

"나는 다만 나로서 존재했을 뿐이다. 그것이 누구에게는 봄날의 따스한 볕이 되었고 누구에게는 피부를 찌르는 가시가 되었고 누구에게는 가슴을 짓누르는 바윗덩이가 되었다. 평화를 위해 일하고 싶거든 먼저 평화가 되어라. 누구와도 맞서 싸우지 않으면서 모든 불평불화의 실상을 밝히는 횃불이 되어라."

"어떻게 하면 그 경지에 이를 수 있을까요?"

"그리 가려고 지금 나와 함께 있는 것 아니냐? 한꺼번에 모두 배우려고 서두르지 말고 하나씩 차례로 배워 나가도록 하여라."

"오늘은 무엇을 어떻게 할까요?"

"순간마다 깨어 있어 만사를 나와 의논하여라."

"그게 잘 되지 않습니다."

"안 되니까 하라는 것 아니냐?"

"예, 선생님."

크바스도프의 장애

　"수원에 사는 한 후배가 토마스 크바스도프의 음반을 보내
왔습니다. 크바스도프는 두 팔이 없는 이른바 탈리도마이드
베이비(1950년대 후반 진통제 탈리도마이드 후유증으로 태어난
기형아)입니다. 선천적 장애를 딛고 서서 부르는 그의 노래가
듣는 사람에게 감명을 주리라는 건 쉽게 짐작할 수 있는 일
입니다만, 그가 장애인이라는 이유만으로 특별한 감동을 받
는다는 데는 문제가 있다고 봅니다."

　"……"

　"그는 그렇게 태어났습니다. 그러니 팔이 없다는 사실이,
다른 사람에게는 모르겠으나, 본인에게는 불편을 주지 않았
을 것입니다. '불편함'이란 어떤 '상태'에 있는 것이 아니라

그 상태를 불편하게 여기는 '사람' 한테 있는 것이니까요."

"……"

"눈 먼 상태로 태어난 사람은 어둠이 어떤 것인지를 모르지 않겠습니까? 마찬가지로 크바스도프는 팔이 없는 게 얼마나 불편한 것인지 몰랐을 것입니다. 그러니 그에게는 그것이 장애가 아니었으리라는 얘기가 되지요."

"멈추어라! 말이 지나치구나. 그가 만일 사람들 없는 데서 혼자 살았다면 네 말이 맞을 것이다. 그러나 두 팔이 성한 사람들과 함께 살면서 두 팔 모두 없는 사람이 아무런 불편을 느끼지 않았을 것이라고? 네 머리가 어떻게 된 거냐? 입으로 뱉으면 말인 줄 아느냐?"

"……"

"불편함이 어떤 상태가 아니라 그것을 불편하게 여기는 사람한테 있는 것이라는 네 말인즉 옳은 말이다. 그러나, 어떤 사람도 그가 지금 처해 있는 상태로부터 독립될 수 없다. 그리고 그 상태는 어떤 사람 혼자만의 것이 결코 아니다. 사방 이웃이 고통을 겪고 있는데 홀로 태평하다면 그것은 그가 죽어 있다는 표시 말고 아무것도 아니다. 나는 너에게 죽은 자의 평안을 가르친 적이 없다."

“……”

“네가 두 팔이 없어본 적이 없어서 두 팔 없는 게 얼마나 불편한 줄을 모르긴 하겠지만, 그러니까 크바스도프가 불편을 느끼지 않았으리라고 말하는 것은 논리의 비약에 그치지 않고 인간에 대한 모독이다. 두 번 다시 그런 말을 입에 담지 말아라! 무엇보다도 너는 그런 말을 할 자격이 없다. 알아듣느냐?”

“……”

“고통도 즐거움도 슬픔도 기쁨도 상태에 있지 않고 사람한테 있는 것이지만, 그러나 사람은 혼자가 아니다. 동떨어진 인간 존재는 터무니없는 착각 속에나 있지 실제로는 없는 것이다. 크바스도프는 두 팔이 성한 사람들 속에서 끔찍한 장애를 견디어 딛고 일어선 사람이다. 그의 ‘노래’보다 노래하는 ‘그’에게서 감명을 받는 것이야말로 가장 인간적인 모습이다. 무지한 말로 인간의 성스러움을 모독하지 말아라.”

“예, 선생님. 잘못했습니다. 다신 그런 말 하지 않겠습니다.”

“아니다. 너는 앞으로도 수없이 그런 망어妄語를 되풀이할 것이다.”

“그러면 저는 어떻게 해야 합니까?”

“네가 저지른 실수들에 걸려 넘어지지 말고, 그것들을 디딤돌로 삼아 미망迷妄의 강을 건너도록 해라.”

“그릇된 제 말로 인하여 상처받을 사람들에겐 어떻게 합니까?”

“네 무지를 고백하고 진심으로 용서를 빌어라. 그렇게 하는 것이 네 실수를 디딤돌로 삼는 한 방법이다.”

“알겠습니다.”

안다는 것은 기억한다는 것

"꿈에 한 말씀 들었습니다. 제가 세상에 온 것은 하느님을 기억하기 위해서라고요. 누가 그 말을 제게 들려준 것일까요?"

"너 말고 누구겠느냐?"

"왜 제가 저에게 그런 말을 들려주어야 했습니까?"

"네 말대로, 네가 하느님을 잊었기 때문이다."

"그렇지만, 말을 들려준 저는 하느님을 잊지 않았다는 얘기 아닌가요?"

"왜 아니냐? 그래서 네가 둘이라고 하지 않았느냐? 사람은 저마다 둘씩 있다."

"하느님을 잊지 않은 나와 하느님을 잊은 나―이렇게 둘이 있다는 말씀입니까?”

“제가 하느님과 하나임을 알고 있는 나와, 제가 하느님한 테서 떨어져 있다는 착각에 빠져 있는 나—라고 해도 되겠 지.”

“그게 바로 ‘얼나’와 ‘몸나’인가요?”

“괜찮은 말이다.”

“전체인 나와 부분인 나—라고 하면 어떻습니까?”

“그것도 괜찮은 말이다. 그러나, ‘말’일 뿐이다. 말에 걸리 지 말고 그것이 가리키는 바를 보도록 하여라.”

“제가 하느님을 기억하기 위해서 세상에 왔다는 말은, 제 가 하느님을 알고 있었다는 뜻 아닙니까?”

“너는 하느님을 알고 있었을 뿐 아니라 지금도 알고 있다.”

“하느님을 ‘모른다’는 말은 하느님을 ‘잊었다’는 말입니 까?”

“그렇다. ‘안다’는 말은 ‘기억한다’는 말이다.”

“도대체 왜 하느님을 알고 있는 저와 하느님을 잊어버린 저가 이렇게 끝없이 버성기면서 함께 있는 겁니까? 애시당 초 제가 하느님을 잊어버린 까닭이 무엇이냔 말씀입니다.”

“네가 스스로 하느님을 잊은 게 아니다. 너에게 그럴 능력이 있다고 보느냐? 모두가 하느님이 하시는 일이다."

"제가 하느님을 잊은 것이나 다시 그분을 기억하는 것이나, 모두가 그분이 하시는 일이라고요?"

"그렇다."

"하느님께서 왜 그러시는 겁니까?"

"살아계시기 때문이다. 무궁한 자기 분열과 자기 통합이 생명의 본질임을 모르느냐?"

"제가 어떻게 하면 하느님을 좀더 빨리 잘 기억해 낼 수 있을까요?"

"네가 그럴 수 있다는 생각부터 버려라. 너 스스로 하느님을 잊은 게 아니라고 했거늘, 잊는 일도 못한 네가 어찌 기억하는 일을 해낼 수 있겠느냐?"

"그러면 저는 아무 일도 하지 말아야 합니까?"

"네가 스스로 할 수 있는 일이 아무것도 없다는 사실을 모르느냐? 너는 아무 일도 하지 않을 수도 없는 몸이다."

"……"

"'기억'이란 되살려내려고 애를 쓸수록 오히려 멀어지는 습성이 있다. 그냥 두고 일상 생활로 돌아가면 어느 순간 문득 떠오르지 않더냐? '깨달음'이 그런 것이다."

“......”

“꿈결에 들은 한 마디에 너무 매달려 있지 말고 평범한 일상 생활로 돌아가거라. 잊었던 하느님을 기억하는 길, 아니, 잊었던 하느님이 기억나는 길이 그 속에 있다. 네가 만나는 모든 사람, 모든 상황이, 너로 하여금 하느님을 기억하게 하기 위해서, 너 자신으로 돌아가게 하기 위해서, 거기 그런 모양으로 존재한다는 사실을 언제나 유념토록 하여라.”

하느님은 사랑만 보신다

“오늘, 존 디어 신부의 글을 읽다가, ‘하느님은 사랑만 보
신다’ (God sees only love)는 문장을 만났습니다. 마더 테레
사가 한 말이라는데, 그 말 뒤에 다음 말이 이어집니다. ‘하
느님은 우리가 하는 일 속에 담아놓은 사랑만을 보신다.’
(God only sees the love that we put into what we do.)”

“참말이다.”

“그 말 한 마디를 만났을 때 제 가슴이 뛰었습니다.”

“그럴 때가 되었다. 참으로 있는 것은 사랑뿐이다. 나머지
는 모두가 허상이다.”

“그 사랑을 알고 싶습니다.”

“너는 그것을 알 수 없다. 네가 할 수 있는 일은, 지구라는

별을 타고 우주를 여행하듯 사랑을 타고 아버지 품에서 노니
는 것이다. 그것으로 족하다. 사랑을 알려고 하지 말아라.”

“어떻게 하면 제가 하는 일 속에 사랑을 담을 수 있을까
요?”

“속에 있는 것을 무슨 수로 담겠다는 거냐? 일이 사랑을
낳는 게 아니라 사랑이 일을 낳는 것이다.”

“그렇지만, 사랑으로 하지 않는 일도 많이 있잖습니까?”

“아니다. 그런 일은 없다. 그런 일이 있다는 네 생각이 있
을 뿐이다. 하느님 없이는, 하느님을 부인하고 거절하는 일
조차 할 수 없다. 이 말은, 사랑 없이는 사랑을 부인하고 거
절하는 일조차 할 수 없다는 말이다. 요한이 말하기를, 하느
님은 사랑이라고 하지 않았느냐? 옳은 말이다.”

“제가 만일 하느님의 눈으로 세상을 본다면, 제 눈에도 오
직 사랑만 보이겠지요?”

“……”

“……”

“일체유위법一切有爲法이 여몽환포영如夢幻泡影이요 여로역여
전如露亦如電이니 응작여시관應作如是觀이라, 위로 하늘과 땅의
조화에서 아래로 사람들이 하는 짓까지 그 모두가 꿈 같고

허깨비 같고 물거품 같고 그림자 같고 이슬 같고 또한 번개 같으니 마땅히 그렇게 보라고 하지 않았더냐? 사랑을 보려고 애쓰지 말고, 눈에 보이는 것에 속지 않도록 조심하여라."

"어떻게 하면 속지 않을 수 있습니까?"

"그림자를 그림자로 보고 꿈을 꿈으로 알면, 그것이 속지 않는 것 아니냐?"

"일체를 그림자로 보는 것과, 테레사처럼 자기가 하는 일에 사랑을 담는 것이 무슨 상관입니까?"

"테레사가 일에 사랑을 담은 것이 아니라 사랑이 테레사로 하여금 일을 하게 한 것이다. 이 비밀을 알았기에 테레사는 자신이 무명無名이요 무공無功이요 무기無己임을 알았다."

"제가 지금 이렇게 선생님과 대화를 이어가는 것도 사랑으로 말미암은 것입니까?"

"이를 말이냐? 내가 너를 사랑하지 않고 네가 나를 사랑하지 않는다면 어찌 이런 일이 있겠느냐? 너도 없고 나도 없고 너와 나 사이에 오가는 대화도 없다. 있는 것은 다만 그 모두를 있게 한 사랑, 그것뿐이다."

"그렇지만 여기 이렇게 제가 있고 선생님이 계시지 않다면 선생님과 저 사이의 사랑도 없는 것 아닙니까?"

“다시 이를 말이냐? 다만 내 말은, 너와 내가 사랑을 있게 한 것이 아니라 사랑이 너와 나를 있게 한 것임을 잊지 말라는 것이다.”

“그러면 도대체 ‘사랑하라’ 는 말은 왜 있는 겁니까? 그 말은 ‘사랑하지 않는다’ 는 말을 전제로 한 말 아닙니까?”

“물에 빠진 사람을 건지려면 물을 이용하면서 물에 빠지지 않아야 하듯이, 착각에 빠진 사람을 건지려면 착각을 이용하면서 착각에 빠지지 않아야 한다. 할 수 없이 ‘말’ 을 쓰되 그 말에 얽매이지 않아야 하는 까닭이 여기에 있다. ‘사랑하라’ 는 말도 ‘말’ 이다.”

“……”

“잘 보아라. 겉모양에 속지 않으면 그것들을 있게 하는 사랑의 실체가 드러날 것이다.”

샨티 회원제도 안내

샨티는 사람과 사람, 사람과 자연, 사람과 신과의 관계 회복에 보탬이 되는 책을 내고자 합니다. 만드는 사람과 읽는 사람이 직접 만나고 소통하고 나누기 위해 회원제도를 두었습니다. 책의 내용이 글자에서 머무는 것이 아니라 우리의 삶으로 젖어들 수 있도록 함께 고민하고 실험하고자 합니다. 여러분들이 나누어주시는 선한 에너지를 바탕으로 몸과 마음과 영혼에 밥이 되는 책을 만들고, 즐거움과 행복, 치유와 성장을 돕는 자리를 만들어 더 많은 사람들과 고루 나누겠습니다.

샨티의 회원이 되시면

샨티 회원에는 잎새·줄기·뿌리(개인/기업)회원이 있습니다. 잎새회원은 회비 10만 원으로 샨티의 책 10권을, 줄기회원은 회비 30만 원으로 33권을, 뿌리회원은 개인 100만 원, 기업/단체는 200만 원으로 100권을 받으실 수 있습니다. 그 외에도,

- 추가로 샨티의 책을 구입할 경우 20~30%의 할인 혜택을 드립니다.
- 신간 안내 및 각종 행사와 유익한 정보를 담은 〈샨티 소식〉을 보내드립니다.
- 샨티가 주최하거나 후원·협찬하는 행사에 초대하고 할인 혜택도 드립니다.
- 뿌리회원의 경우, 샨티의 모든 책에 개인 이름 또는 회사 로고가 들어갑니다.
- 모든 회원은 아래에 소개된 샨티의 친구 회사에서 프로그램 및 물건을 이용 또는 구입하실 때 할인 혜택을 받을 수 있습니다.

- 문성희의 '평화가 깃든 밥상' 요리강좌 수강료 10% 할인
  070-8814-9956, http://cafe.daum.net/tableofpeace
- 오늘 행복하고 내일 부자되는 '포도재무설계' 재무설계 상담료 20% 할인
  http://www.podofp.com
- 대안교육잡지 격월간 《민들레》 정기 구독료 20% 할인
  http://www.mindle.org
- 부부가 정성으로 농사지은 설아다원의 유기농 녹차 구입시 10% 할인
  http://www.seoladawon.co.kr

회원제도에 대한 자세한 사항은 샨티 블로그 http://blog.naver.com/shantibooks를 참조하십시오.

샨티의 뿌리회원이 되어
'몸과 마음과 영혼의 평화를 위한 책'을 만들고 나누는 데
함께해 주신 분들께 깊이 감사드립니다.

뿌리회원 (개인)

이슬, 이원태, 최은숙, 노을이, 김인식, 은비, 여랑, 윤석희, 하성주, 김명중, 산나무, 일부, 박은미, 정진용, 최미희, 최종규, 박태웅, 송숙희, 황안나, 최경실, 유재원, 홍윤경, 서화범, 이주영, 오수익, 문경보, 최종진, 여고운, 조성환, 김영란, 풀꽃, 백수영, 황지숙, 박재신, 염진섭, 이현주, 이재길, 이춘복, 장완, 한명숙, 이세훈, 이종기, 현재연, 문소영, 유귀자, 윤홍용, 김종휘, 이성모, 보리, 문수경, 전장호, 이진, 최애영, 김진회, 백예인, 이강선, 박진규, 이욱현, 최훈동, 이상운, 이산옥, 김진선, 심재한, 안필현, 육성철, 신용우, 곽지회, 전수영, 기숙희, 김명철, 장미경, 정정희, 변승식, 주중식, 이삼기, 홍성관, 이동현, 김혜영, 김진이, 추경희, 물다운, 서곤, 강서진, 이조완, 조영희

뿌리회원 (단체/기업)

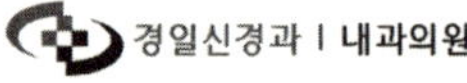

회원이 아니더라도 이메일(shantibooks@naver.com)로 이름과 전화번호, 주소를 보내주시면 독자회원으로 등록되어 신간과 각종 행사 안내를 이메일로 받아보실 수 있습니다.

전화 : 02-3143-6360 팩스 : 02-338-6360
이메일 : shantibooks@naver.com